U0920259

大鱼
有爱的青春陪伴者

好甜好甜

几一川 著

图书在版编目（CIP）数据

岁岁甜甜 / 几一川著. -- 南京：江苏凤凰文艺出版社，2023.3

ISBN 978-7-5594-7396-7

Ⅰ. ①岁… Ⅱ. ①几… Ⅲ. ①长篇小说－中国－当代 Ⅳ. ①I247.5

中国版本图书馆CIP数据核字(2022)第242802号

岁岁甜甜

几一川 著

责任编辑　王昕宁
特约编辑　廖　妍　文佳慧
出版发行　江苏凤凰文艺出版社
　　　　　南京市中央路165号，邮编：210009
网　　址　http://www.jswenyi.com
印　　刷　湖南春黎文化传媒有限公司
开　　本　880mm × 1230mm　1/32
印　　张　8.5
字　　数　163千字
版　　次　2023年3月第1版
印　　次　2023年3月第1次印刷
书　　号　ISBN 978-7-5594-7396-7
定　　价　42.80元

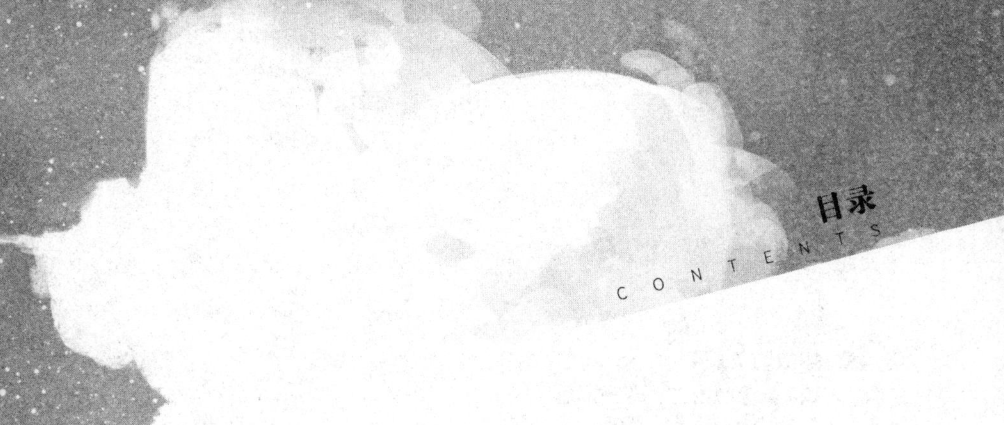

目录

CONTENTS

第一章·初见时 / 001

我要看很多书，学会讲很多故事，
陈驰星想：我要让刘璃瓦有一辈子都听不完的故事，和我做一辈子好朋友。

第二章·少小时 / 024

长长的巷道像人生的旅途，
以为走了很远，回头一看
才发现原来只有那么一点。

第三章·年少时 / 049

她好像害了一种比消沉更严重的病，
后来才知道这种病应该叫——相思病。

不管你是在天涯海角还是就在眼前，
我都非常、非常想你。

第四章·分别时 / 072

搬走的人再也不会回来。
他们都会成为记忆里的人，
在现实里再没有联系。

第五章·相逢时 / 097

刘璃瓦看着他靠近的眼睛、
熟悉的眉宇和记忆里几乎没有分别的脸，
忽然，一滴泪就从眼尾滑了下来。

目录
CONTENTS

第六章·如故时 / 124

陈驰星不偏不倚为她挡住了那一束光，
就像在小院的时光，他永远坐在
太阳照过来的那一侧，做她的遮阳伞。

第七章·暗恋时 / 156

他的过去和未来都和一个叫刘璃瓦的女孩
有关，可她这样毫无顾忌地朝他笑着，
让他觉得自己那些心思像一种亵渎。

第八章·奔赴时（上）/ 187

“你现在有一点儿心动吗？”
“有一点儿……”
不，其实有很多很多。

第九章·奔赴时（下）/ 208

他们心照不宣地保持着这样一种默契，
心照不宣地……思念着对方。

第十章·圆满时 / 239

陈驰星的手掌抚摸在她的脑后，弯下腰
看着她的眼睛。

番外篇·岁岁皆是你 / 255

谈恋爱原来是这种感觉，
像被装进甜蜜的蜂蜜罐子，
心口的欢喜满得要溢出来。

chujianshi

第一章 · 初见时

她有很多好朋友，但他只有她。

（一）

白色通告纸涂上一层厚厚的胶水，平直地贴在公告栏上。

刘璃瓦从小凳子上跳下来，拍了拍手心的灰。

通告纸上写着：《关于认真开展城乡低保对象定期核查（续保）及申报工作的通知》。

这是刘璃瓦在黎明社区实习的第一份工作，她非常重视，因而慎之又慎地将这份通知仔仔细细地读了一遍。

“把娃娃还给我！”小女孩尖锐的声音打断了刘璃瓦的专注，她顺着声音侧头看去，看到两个小孩正因为一个布娃娃起争执。

男孩站在花坛上高高地举起娃娃，时而扮鬼脸，时而扭屁股，把女孩气得直跺脚。

一直到女孩放声哭起来，男孩才从花坛上跳下去，把娃娃还给了她。

但女孩不要娃娃了，一把推开男孩。男孩后退了两步，又走上前，女孩气哭了，跑走了。男孩迟疑了一会儿，也撒腿跟着跑了上去。

不知道想到了什么，刘璃瓦不自觉地笑了起来。

“小刘，王主任今天去哪儿了？”提着一篮子菜的李椿扬着嗓子问刘璃瓦。

刘璃瓦回过神，说：“李阿姨，王主任去市里开会了，您有什么事要找她？”

“不在啊，”李阿姨叹了一口气，“那我等她回来了再去找她吧。”

“李阿姨，您有什么事能和我说说吗？”

“也没别的，就是我隔壁那家租户，小夫妻俩，天天打架，昨天晚上哭了一晚，哭得气都快喘不上来了，那可怜见的哦，真是造孽……你老师不在，那就等她回来了再让她去说说吧，这一天天闹的，日子都没法过了。”

“是 7 栋 2 单元的 402 吗？”

“对对对，小刘你这记性可真好！”

“我记住了，等王主任回来我就和她说。”刘璃瓦点点头道。

刘璃瓦不高，瘦瘦小小的，一双亮澄澄的眼睛透着单纯的光，梳着单马尾，如果不是身上的红马甲和胸前的“实习”工作牌，说她是社区谁家的小孩也有人信。

社区办事处在居民楼下，刘璃瓦和李椿阿姨一块往回走着。

“小刘，你今年满十七岁了吗？”

“李阿姨，我今年都二十一岁啦！”

“二十一岁？”李椿阿姨吃了一惊，顿了顿道，“那可都是能结婚的年纪了！真是看不出……小刘，有对象了吗？”

刘璃瓦并不尴尬，以前老师就和他们说，要去基层工作，那群众肯定是要关心关心她们的个人情况的。她笑起来，眼睛弯弯的，说：“李阿姨，我还没毕业呢，而且，我有喜欢的人了！”

“是你们办公室那个小赵？”

“不是，不是，不是做社工的。”

“不是这里的人？”

“不是，不是。”

李阿姨的眼神更温和起来，说：“可真是年轻，好姑娘。”

做社区基层工作多累啊！大家都是这样想的，做社区工作的女孩子处对象，对方不介意她的工作吗？

王主任是晚上回来的，一回来还没换双鞋，歇口气，听刘璃瓦说了李椿阿姨反映的情况，收拾了东西就要起身去了解情况，顺道也叫上刘璃瓦和她一块去。

“待会儿你不用说什么，就在一边看。你们这个实习，也是要从见习过渡过来的，能理解吗？”

王主任的意思是让她先看。

刘璃瓦点着头说：“王主任，我知道的。”

7 栋 4 楼那对小夫妻在家，王主任和刘璃瓦去敲门的时候夫妻俩正吃饭。

穿着一件黑色的、洗得皱皱巴巴的背心的男人打开了门，王主任道："我是居委会的王丽，这是小刘。你们搬过来有三个月了吧？我们是来了解了解家庭情况的。"

男人回头吼道："居委会的来了。"

"唉！"一个女人从厨房走出来，身上还围着一件商家打广告的赠品围裙，见到她们，忙说，"王姐，你们来了，直接进来吧，随便坐。"

沙发上凌乱地摆着一些布料、鞋底和黑线，沙发后面的墙上挂了一幅刺绣图，房间正中间是四方桌，旁边是沙发和三四条塑料凳子。

女人小孙拿了杯子放在桌上，倒上开水，问王主任："王姐，你们今天来是社区有什么事吗？"

"是这样的，最近低保的通知下来了，我们社区这不是来了解了解各家各户的情况。"

刘璃瓦有些懵懂地看着王主任，心想：不是来调解家庭矛盾的吗？怎么说到低保上了呢？

"低保啊。"小孙的眼睛睁圆了，声音一下扬起来，有点紧张地道，"像我们这种租户，也能办低保吗？"

王主任笑道："当然可以申请，只要你们提供户籍所在地社区的未享受低保证明，还有租赁合同和收入情况说明就可以。"

小孙说："这可太好了，我们之前还说这个事不好办来着，听您这么一说，我们就放心了。”

“小孙啊，我们今天来就是想了解一下你们家的具体情况，有没有什么困难啊？”

“困难嘛，困难倒是没有，我们家就我和我男人两个人，虽然他之前腿伤了，但这个基本生活还是可以的。”

王主任又问：“你们俩有小孩了吗？”

“还没有。”谈到这个话题，小孙不太自然起来，她耸起肩膀，手掌一直在大腿上反复摩挲着，“我们这个条件也还不是太好，我想着等过两年，攒多一点钱了再要小孩。”

王主任听了点点头，说：“这倒也好。”

一直没有说话的男人周东出声了，他冷哼一声，说：“好什么？我看她就是自私自利！”

四周一下安静了。

小孙瞪大了眼睛，好一会儿才说：“周东，你说什么呢？我要是自私自利，我会嫁给你们家吗？你讲话要凭良心的。”小孙的声音有些激动，碍于外人在场，她又压着声调，一下多了几分哭腔。

周东把筷子一放，冷冷道：“小孩生下来又不用你带，放回老家就是了。”

眼看着就要吵起来了，王主任说话了，说：“你们这个问题还是难在钱上，对不对？咱们要是申请到廉租房，最少住房压力就减轻了。”

王主任看向周东，说：“你一个大男人，不要总和你媳妇脸红脖子粗的，咱们有困难就解决困难，社区不就是来帮助你们的吗？”

被王主任这么一说，周东也有点不好意思，拿起筷子埋头吃饭不吭声了。王主任继续问:“刚刚听你媳妇说你腿受过伤,是怎么个情况啊？”

小孙插话道：“他去年在工地受伤，从楼上摔下去，腿骨上打了钢钉，工伤鉴定是九级伤残，赔了五万块钱。”

王主任问：“你们家一共几口人啊？”

小孙说：“我们俩都是独生子女，加上他父母和我父母，一共是六口人。”

“你们这个情况确实是比较困难的，廉租房的文件要是下来了，我们就来通知你们。”

“好，真是太谢谢你们了。”

“家里有什么困难就和社区说，能帮得上的我们会尽力帮，一个家最重要的就是和睦，互相体谅，有什么话坐下来好好谈，解决问题不能只靠吵的。还有周东，你是男人，对你老婆要好一点儿，小孩的事也不用急，这讲个缘分的，缘分没到强求不来，缘分到了，挡也挡不住的。”

周东扒拉着饭，闷闷地“嗯”一声。

说完这番话，王主任就起身了，说：“情况了解得差不多了，就不打扰了，我和小刘先走了。”

小孙感激道："王姐，真不留下来吃个饭？"

"不了，我这刚从市里回来，还有个事要回去说，得先走了。你们也不用送了，好好吃饭吧。"

"那你们慢走啊！"

"你们有什么不懂的啊，就来社区找我或者找小刘，"王主任指指刘璃瓦，"今年这个事小刘会跟进的。"

"好好，谢谢，谢谢！"

王主任关上门，楼道的灯便亮了。

王主任和刘璃瓦一块往楼下走，问刘璃瓦："今天带你出来，有学到点什么吗？"

刘璃瓦眼睛亮晶晶地看着王主任，说："我看明白了，不能说隔壁邻居投诉的事，否则邻里关系会搞差。您没提家庭矛盾的事，是怕他们先有抵触情绪。您先说低保的事，就了解到了他们的家庭矛盾是什么，太厉害了！"

"小瓦，这样的家庭矛盾，十个里有八九个是因为没钱产生的啊！你现在还年轻，等以后见得多了，就知道了。"

"可是您的处理方式也很厉害，我就不知道怎么处理这个矛盾。"

走到楼下，王主任负手往前走着。她说："我们搞社区工作的，能调解的矛盾都没什么可怕的，怕的是调解不了的矛盾。"

刘璃瓦懵懵懂懂地"噢"了一声。

王主任突然想起了事，回头对刘璃瓦说："帮我在群里说一声，明天早上十点的时候召集大家开个会，就说社区要搞养老基础设施建设，有拨款，需要大家做个摸排调查。"

"这么好的事？是市政府拨款吗？"

"是，说是要搞示范社区，我替我们社区争取了一下。这要是搞得好，说不定还能上新闻呢，好好宣传宣传咱们的社工工作。"

"有什么我能做的吗？"

"我们现在第一个任务是需要摸排调查，第二个是和施工方对接，咱们社区工作人员不多，这些事得大家一起来干。听说这次考察队来的都是高才生，我想着你也是大学生，到时候交流起来方便一些，对接的工作就你来干吧。"

这是刘璃瓦第一次负责这么重要的事，对方还有高才生，她决心要打起十二分的精神来做好工作。

早晨第一缕阳光已经来了许久了，亮堂堂的太阳挂上半空，整个社区苏醒了。

运货的货车停在社区办公室门口，满头大汗的师傅帮着卸货。

刘璃瓦接过一箱饼干，沉甸甸的，压得她的手臂一下沉了下去。

赵珂看见了，忙把怀里的一箱矿泉水放在地上，快步走过去道："小瓦，你去点一下清单吧，这边我来！"

和刘璃瓦一样，赵珂也是社工中心派遣过来实习的，他们这个社区的实习生只有他们两个。

见赵珂伸手要来接，刘璃瓦赶忙摇头道：“没事没事，我们先把货卸下来再清点吧。”

赵珂对刘璃瓦笑了一下道：“不重吗？”

刘璃瓦点头，说：“是饼干，不重的。”

车上的师傅喊：“快来接这箱。”

赵珂的视线落在刘璃瓦的手臂上，见她确实没有很费力才点点头跑回去接下一箱东西。

这一车货是从批发市场运过来的，不仅有矿泉水、饼干这些吃的，而且有纸巾、锅碗瓢盆这些用的，大件的还有电磁炉。

其中一些是社区每个月补贴孤寡老人的物资，还有一些是月底要办社区乒乓球赛的奖品。

到了八点多，大家陆陆续续地都来了，一车的东西没一会儿就全卸完了。

社区的张师傅在这里工作了十几年了，见刘璃瓦和赵珂比他来得还早，问他们：“你们什么时候过来的啊？”

“她七点，我七点半。”赵珂说。

赵师傅乐得直笑，冲着刘璃瓦和赵珂竖拇指，说：“你们两个是我见过的最勤劳的实习生了，以前来的没有比你们起得还早的。”

黎明社区是镇里的社区，不算特别大，三十栋楼，有两千多户人家，实际人口五千多，其中五十岁以上的中老龄人口占四分之一，常住青年人口不到三分之一，社区留守儿童也比较多，剩下的部分是流动人口，也就是租户。

上午九点多，王主任回来了——她来得比两个实习生还早，早上六点多就来开了办公室门。刘璃瓦七点钟来的时候看到打印机开了，办公室的饮水机也插上了电，王主任的办公桌上已经摆着打印好的资料。

王主任进来时，脸上还挂着笑，抬起手拍了拍刘璃瓦的肩膀，对她说：“在哪个地方动工，我有点想法了。”

建养老设施这件事还只有刘璃瓦知道，其他人听到了纷纷问：“王姐，咱们要搞什么了啊？”

王主任笑着拍着掌说：“咱们办公室的人都到了吧？准备准备。”她看了眼墙上的挂钟，现在九点四十了，接着说，“既然都到了，那就早点，我们十分钟后去楼上开会。”

“王姐，看你这么高兴，肯定是有什么大好事啊！你昨天从市里回来，是不是市政府要给我们拨款了？”

王主任点点那个人说：“你就想着钱。”

那个人笑了，说：“王姐，我是会计，我不想着钱还能想着什么啊？”

王主任手一扬，说：“把目标定高点，咱们想着搞建设！”

“嚯！瞧这口气阔绰的，这是市里真要拨款了吧？”

大伙都笑了。

刘璃瓦和赵珂一人去泡茶，一人去拿资料。赵珂把资料从王主任的办公桌上抱来时，看见刘璃瓦拿着小勺正在挖茶罐里的茶叶，因为阳光刺眼，她眯起了眼睛，眼睛上像镀了一层金光，连脸上细小的绒毛都是金灿灿的。

赵珂的脚步停了一下，出声道："小瓦，你来拿资料吧，那个茶我来泡。"

刘璃瓦侧过头，"啊"了一声，问他："怎么了？"

赵珂的手心有些濡湿，他用舌尖抵了一下上齿，磕绊了下说："那你等一下，我等下来帮你端。"

"好，谢谢你。"刘璃瓦笑着，眼睛弯着，露出八颗小小的洁白的牙齿。

像天使一样。赵珂在心里说。

他走出去，飞快地抱着资料往楼上跑，楼道里都听得到"咚咚咚"的声音。

刘璃瓦用纸巾擦了下人中冒出的汗珠，一天才刚刚开始，她已经觉得热得汗流浃背了。

不知道这个夏天要到什么时候才结束，社区里不要再有人中暑了才好。她看着窗外的阳光深呼了一口气。

“我们黎明社区放在市里是不大的，但我们是安镇最大的社区，我们这里有退伍老兵，有烈士家属，有当年下岗的城镇职工。我们黎明社区历史悠久，但历史悠久也同样意味着我们社区老年人口多，最近市政府、市民政局、规划局等部门经多方调研，决定在我市多个社区开展养老基础设施建设工程，其中我们社区作为我们县的代表，被列为第一批进行建设的社区，也是给其他社区打个样，希望大家这段时间能积极做好宣传和民调工作，不仅要让群众知道这件事，还要了解群众意见，切实解决群众困难，做到实事求是、不拍脑袋做决定……”

空调“嗡嗡”响着，会议室里只有王主任的声音在大家耳边环绕，大伙一边听一边翻看着手里的资料。

“对于人员部署，做以下安排：陈钰、刘芬负责A区十栋楼民调；李艳、孙明负责B区十栋楼民调；张端财、赵珂负责C区十栋楼民调，做好信息库建立工作。我和刘璃瓦负责信息整理及对接考察队……”

王主任问：“大家还有什么意见或者不明白的吗？”

大家都摇头，刘璃瓦坐在会议室靠角落的地方，弱弱举起了手。

王主任看到了她，道：“小瓦，你说。”

“王主任，考察队什么时候过来，我们需要做些什么接待工作？”刘璃瓦问。

王主任说：“这件事就是我们现在要做的了，宜早不宜迟。规划局的人下个星期就会过来，这直接关系到我们社区能不能争取到这次机会。今天已经星期五了，得赶紧拿出个接待方案来，了解清楚有多少人来、要来几天、住哪儿、要我们配合做些什么工作……这些都要打电话沟通清楚。”

刘璃瓦飞快地在笔记本上标记下重点，点头道：“好的，我知道了，王主任。”

王主任表扬她：“你们两个实习生要多看多学，还要多问，这都是很好的积累。”紧接着又对大家说，“好，既然大家都没什么问题了，那就散会吧！”

散会后，她又叫住刘璃瓦：“小瓦，你到我办公室来一趟。”

刘璃瓦是王主任带的实习生，赵珂是李副主任带的实习生。

肯做社工工作的大学生少，本科生更少，像刘璃瓦和赵珂这样的本科生能来基层实习，主任都是很重视的，希望能留下他们，即便不能留下，也希望他们能多学到些东西，以后无论走上哪个岗位都能发光发热。

（二）

刘璃瓦从王主任的办公室拿了资料出来，有以往的接待流程，还有考察队的联络方式。

今天下午她就要做好这些工作，因为明后天双休是不上班的。

回到办公桌前，刘璃瓦打开电脑准备先整理、了解一下以往的接待流程，确定接待时间、地点、是否需要去车站接送……

等这些整理好已经快正午了，坐在刘璃瓦对面的赵珂拖开椅子，俯身在琉璃瓦的工位上敲了两下。

“小瓦。”

刘璃瓦抬起头，揉了揉有些发酸的眼眶，问：“怎么了？”

“到点了，吃饭去吧。”

刘璃瓦讶异道：“十二点了？”

“不是十二点，是十二点二十了，我看你全神贯注才一直没打断你，可是再不去吃饭，食堂可都要收摊了。”赵珂笑着说。

刘璃瓦忙将资料都保存好，起身合掌道：“不好意思，不好意思，没注意时间，下次可以直接提醒我，或者你先去吃。”

赵珂摸摸鼻子道：“没事，我也是刚刚才看到时间。”

社区食堂中午是十二点五十分关门，刘璃瓦和赵珂到的时候食堂里已经没什么人了，只有一处打饭点有人。

刘璃瓦点了个豆腐和青菜，赵珂点了个红烧肉和青菜。结账的时候，赵珂拿出职工卡说：“刷我的吧。”

“不行不行，我刷我自己的。”刘璃瓦连连摇头。

赵珂说：“我请你，下次你再请回来。”

刘璃瓦咬了下嘴唇，仍是摇头，说：“我不喜欢和人请来请去的，谢谢你的好意。”

“好吧。”见她坚持，赵珂也不好再强求，只好让阿姨分开刷。

“小瓦，你以后想去哪里工作？”赵珂问。

“我也不知道，可能走一步看一步吧。”刘璃瓦说。

“你的学校比我的好，以后去大单位肯定没问题。”

“你不要妄自菲薄。”刘璃瓦道，“我只是高考的时候运气好一点儿，我们专业在学校里也并不是最好的，而你的专业在你们学校是排前列的，你们学校这个专业又是在全国排前列的，我们学院都经常请你们学校的老师来做讲座呢。”

赵珂笑起来，抓着筷子的手都在抖，笑了好一会儿，他说：“小瓦，你真的很会安慰人。”

刘璃瓦佯作无奈道：“我都不知道你是在夸我还是在损我，快吃饭吧。”

下午，刘璃瓦回到工位上开始给考察队打电话，逐一核实对方的要求。

她将电话夹在脖子和肩膀中间，手指飞快地在笔记本上写下重点，并重复道：“你们需要我们社区的建筑分布图、居民数据信息，以及建筑结构图和下水道网状图，对吗？好的，这些我们会准备好的。”

刘璃瓦说：“还有一些事需要您告知一下哦。请问你们考察队一共会有多少人来、需要待几天，还有姓名和性别，方便我们安排接待。”

刘璃瓦听着电话那边的人继续在说：“五个人，七天，姓名分别是：杨林，双木林，男；蒋谷，谷子的谷，男；何放，放开的放；陈驰星，飞驰的驰，星星的星；何蔓，藤蔓的蔓……”

刘璃瓦手上的动作一顿，捂住另外半边耳朵道：“麻烦您再说一遍，是陈……”

那边重复道：“陈驰星，飞驰的驰，星星的星，男。清楚了吗？”

“请问是燕湖大学毕业的陈驰星吗？”

“是的，你知道他？”

“我……我不太知道，好的，您继续说。”刘璃瓦的手指压下笔尖，黑色的笔墨印在白纸上，一笔一画地写下了“陈驰星”这个名字。

“是陈驰星，不是陈鸣星，你怎么这么笨，‘驰’和‘鸣’都分不清，‘鸣’还写错了，写成了口乌！”

“对不起啊！”刘璃瓦打开干净的文具盒，从里面拿出一小块橡皮，轻轻地将作业本上的错字擦干净，然后眼巴巴地看着面前的女孩。

“哎呀，你真笨！是这样写的。”另一个女孩拿起铅笔，在作业本中间写下“驰”字，字写得比较宽，看起来就像“陈马也星”。

刘璃瓦将作业本端正过来，仔细认真地记住这个字，然后抬起头说：“谢谢你，我是第一次当课代表，我以后会记住这个字的。”

另一个女孩嘟起嘴说：“作业本不写名字是他自己的事，你帮他写干什么？”

刘璃瓦将作业本的每一个被压弯的边边角角都压平，又站起来，用小手掌摁在小订书机上，将作业本订上订书针。

她喘着气，解释说：“他是新转过来的，可能忘记了要写名字，我是课代表，我应该提醒他的。”

“陈驰星”“马也驰”“日生星”。

她记住了，下次就不会写错了。

陈驰星是小学二年级转到安镇的秋潭小学来的。

那个时候是秋天，刘璃瓦家住的还是平房，紧挨着旁边一栋七层高的小楼。

在刘璃瓦很小的世界里，住在旁边那栋小楼里的人应该是很幸福的。

一年级的时候她看到过一个叔叔拿着一大捧花走进小楼里送给一位阿姨，那天院里的小朋友和大人都跑出来看热闹，大声起哄。

他们说那就是求婚。

后来叔叔和阿姨结了婚，小楼门口、院子里都挂满了彩色的纸条和红色的“喜”字，每家每户都收到了喜糖，那时好像没有比从那栋小楼里走出来的更幸福的人了。

陈驰星也应该是很幸福的人。

在还不知道陈驰星的名字之前，刘璃瓦就见过陈驰星一次。

那是陈驰星搬来小院的第一天，刘璃瓦看到他穿着干净、齐整的背带裤和小皮鞋从黑色的轿车上下来，被他的母亲牵着拉上了小楼。

刘璃瓦有点害怕大汽车，因为奶奶总在她耳边念叨，看见汽车要小心，小孩很容易被撞的。所以，刘璃瓦一听到汽车声便躲到了银杏树后，只露出一点点脑袋观察。

以前这个院子里只有她一个读二年级的小学生，读高年级的大哥哥、大姐姐都不爱带她玩，现在陈驰星来了，他也和她一样小。

在开学第二天，当看到站在讲台上的陈驰星时，刘璃瓦就决定要和他做朋友。

但这个契机一直到学期过半才到来。

陈驰星小学二年级的时候完全看不出以后是英俊的。因为营养过剩，他有点胖胖的，脸颊鼓起两坨软软的肉，因为换牙还缺了一颗犬牙，笑起来的时候也不好看。在小学生简单粗暴地用外形评价人的世界里，陈驰星是很难交到朋友的，更何况，他说起话来还很讨人厌。

他喜欢说大话。他说他坐过飞机，还说他坐过速度比火车还快的火车，还说他家有能打游戏的电视机和只有一本书那么厚的电脑。

在那个只有两三个同学坐过火车的年代，什么飞机、高铁、笔记本电脑，都是电视剧里才有的东西，谁都没真正见过，于是大家都觉得他真是个爱说大话的撒谎精。

除了爱说大话，他还喜欢说别人的缺点。他说头发卷卷的同学脑袋像鸟窝，说戴眼镜的同学像青蛙，说走路步子大的同学像唐老鸭。

于是，班上的同学都不喜欢他了。

因为大家都不想和他坐，一个短头发的、像男孩子一样大大咧咧的女孩被换到了他身边。

有一天正在上课，陈驰星指着他同桌的字说：“你写的字真像从土里爬出来的蚯蚓。”

他这一句话又把人得罪了，那个女孩当场“哇哇”大哭。

班主任板着脸站在讲台上，让他们两个站起来把刚刚在底下说的话再大声说给同学们听听。

于是陈驰星又把刚刚说的话重复了一遍，这次还是更大声地道：“我说她写的字像蚯蚓！”

班上的同学一下哄堂大笑起来。

刘璃瓦回头去看，看到女孩趴在桌子上，哭得更伤心了，而陈驰星正抿着唇，板着脸，很严肃的样子，他的手指一直在抠着书桌的边角，短短的手指头抠得发青。

后来班主任又说了些什么，刘璃瓦不太记得了，只记得第二节课下课后，那个女孩去了一趟办公室，再出来，就把桌子拉开了，而陈驰星的位置被换到了最后一排，最后一排是班上那群最调皮男孩子的聚集地。

只要听到后排的声音，刘璃瓦就控制不住自己回头去看。每次她转过头，都会看到坐在最后一排的陈驰星高高仰着头看着老师，没有开小差，也没有睡觉。齐读的时候，最后一排也是陈驰星的声音最响亮。

刘璃瓦有些难过。不知道为什么，她觉得老师不应该这样对待班上的同学。如果她是老师，她一定会了解一下发生了什么，然后让陈驰星向同桌道歉，重新当好朋友，而不是把人赶到最后一排去自己坐。

那个时候班上同学还编了一首歌攻击陈驰星：“陈驰星，星驰陈，陈驰星扑通掉进了池子沉！”

一唱完，大家就哄笑着散开了。陈驰星有时候会很生气，有时候不会。

有一天中午午休的时候，又有人唱起了这首歌，刘璃瓦迷迷糊糊地被吵醒，她抬起头，看到两个男同学正拿着一本书扔来扔去，一边扔还一边唱歌，其他被吵醒的同学都一脸不高兴地敢怒不敢言。

刘璃瓦气闷了一会儿，终于忍无可忍。她拉开椅子站起来，大声说：“你们不要吵了好不好！”

“课代表发威了！”两个调皮的男孩子把书一扔，哄笑着散开了。

刘璃瓦生气地走过去捡起书，翻开书页，看到第一页上就写着“陈驰星”三个字。

这三个字写得真漂亮，工工整整的。

刘璃瓦走到最后一排，将书放到陈驰星的桌上。陈驰星趴在桌子上，枕着一边头，只有一只眼睛露在外面，和刘璃瓦对视上。刘璃瓦看见他的眼睛红红的，眼睫毛湿湿地黏在一起，原来他在哭呢。

刘璃瓦抿了抿嘴巴，声音清脆地说：“你不要哭，以后我和你一起坐。”

她和陈驰星就是这样交上朋友的。

因为陈驰星有同桌了，他的位置被搬回了第四排，而那个女孩则搬去了刘璃瓦原本坐的第二排。

班主任是语文老师，刘璃瓦又是语文课代表，她和陈驰星坐在一起后，老师和她说要她带带后进的陈驰星，但很快刘璃瓦就发现，陈驰星比她要厉害多了。

她看不懂的小诗，陈驰星知道是什么意思；她不会写的字，陈驰星都知道怎么写，还写得比她好看；她不会做的数学题，陈驰星也都会做；陈驰星还知道很多的知识，知道什么是科学，知道极光，知道星座，还知道海底两万里。

他说他去过首都，去过省博物馆，去过很多很多的地方，最远的一次是去国外看他的舅舅。

别的小朋友不相信，但刘璃瓦相信，因为她在电视机里看过这样的小朋友，他们读很多书，懂很多礼貌，还和很厉害的人一起上过电视节目。老师说过“读万卷书，行万里路”，陈驰星如果不是真的去过那么多地方，他怎么会有这么多知识呢？

刘璃瓦每天最高兴的时候就是和陈驰星一起上学、放学，也喜欢下课和午休时间，因为陈驰星好像有永远说不完的故事，比电视还精彩。

在班上，刘璃瓦的人缘是最好的，因为她喜欢帮助其他小朋友，她的父母还都是医生，他们都叫她的父亲“刘叔叔”，叫她的母亲“周阿姨”。

她的父母在镇里开了一家小诊所，但离家很远，为了照顾晚上有急病的病人，他们都住在诊所里，一个星期只回家一两次。刘璃瓦有时候会去父母那里，但更多还是和奶奶住在家里。

自从陈驰星搬来小院之后，刘璃瓦几乎不去父母那儿了，因为那里和陈驰星不同路，不能一起上下学，她也听不到故事。

陈驰星说故事，不会一次把故事说完。有时候他会说到正精彩的地方就停下来，摇着脑袋和刘璃瓦说：“欲听后事如何，请听下回分解。”

说到这里也就意味着到学校了，或者快上课了。刘璃瓦虽然很想再听下去，但还是会乖乖地开始准备学习。

后来期中考试，陈驰星考得非常好，几乎每门都接近满分。从那之后，陈驰星的学习生涯就像开挂一样，老师们都喜欢他，就连之前讨厌他的同学也不得不承认他很厉害，开始想和他交朋友。

班主任语文老师也喜欢他，因为他写的话很有趣，比如“天空不是天，是倒映在天上的海”“大海不是海，是倒映在水里的天”“兔子跳进洞里，变成行走的人”。

陈驰星成了班上的小明星，越来越受欢迎，连其他班的老师都知道他们班有个小天才，但陈驰星依然只喜欢和刘璃瓦玩。

因为在没有人愿意理他的时候，只有刘璃瓦相信他，并且愿意和他玩。

刘璃瓦有很多好朋友，但陈驰星只有刘璃瓦。

我要看很多书，会讲很多故事，陈驰星想，我要让刘璃瓦有一辈子都听不完的故事，和我做一辈子的好朋友。

shaoxiaoshi

第二章·少小时

他在稚嫩的“星”字后面，
用工整的笔迹加上了“与瓦”两个字。

（一）

“陈——驰——星——”楼下的女孩一喊，整个院子就苏醒了。

院子里的银杏树飒飒响着，飘了满地的黄叶，秋天到了，蜿蜒在小楼上的爬墙虎都开始枯黄了。

小楼五楼隐隐传来陈驰星的母亲的声音，“别着急，吃了早餐再走”“零花钱够不够”“今天放学什么时候回家”“你跑慢点”。

随着大铁门“砰”的一声巨响，刘璃瓦知道陈驰星就要下来了。果然，不一会儿，一个胖胖的、背着书包的小男孩从楼梯上三步并作两步地跳下来，飞快地跑到刘璃瓦身边。

“给你，这是今天的早餐。”陈驰星递给刘璃瓦一个包子和一个鸡蛋。

刘璃瓦会先吃包子。今天的是豆沙包，豆沙很甜，还有点黏牙，刘璃瓦边吃边囫囵说：“你昨天讲到了鲁滨孙到了荒岛上，然后呢？”

陈驰星呼出一口气，接着说：“鲁滨孙漂流到了荒岛上，一睁开眼睛，发现只有自己一个人……”

银杏叶子飘飘忽忽落下了，一片落在刘璃瓦的头顶，一片落在陈驰星的手心。

“不要动。”陈驰星对刘璃瓦说。

刘璃瓦停住脚步，站好。

陈驰星从她的头上摘下树叶，将手心的两片叶子并在一起，问刘璃瓦：“你发现了什么吗？”

刘璃瓦认真看了看，然后说：“我发现这是两片一样的叶子，因为它们都是银杏叶。”

“不对。”陈驰星将叶子举在阳光下，“这是两片不同的叶子，它们形状不一样，脉络不一样，生长着的枝丫也不一样。这个世界上根本没有两片一样的叶子。”

刘璃瓦问他：“你看过世界上的所有叶子吗？”

“我没有看过。”陈驰星举起右手的叶子说，“但是世界上既然有了一个它，”他又举起左手的叶子说，“那它就不可能再是它。”

刘璃瓦好像懂了，又好像没懂。她似懂非懂地点点头说：“你说的话总是很有道理。”

陈驰星问：“你知道树叶标本吗？”

刘璃瓦说：“什么是标本？”

陈驰星说：“标本就是虽然它死掉了，但还可以保持着现在的样子不腐烂。”

刘璃瓦说："听起来像魔法。"

陈驰星说："最简单的做树叶标本的方法就是把它夹在书里，等它变干了，就会变成书签。我们可以试试。"

刘璃瓦拿下书包，有些踟蹰地问陈驰星："应该夹在什么书里？"

陈驰星说："随便什么书，最好是厚一点的。"

"那就夹在语文书里吧。"刘璃瓦拉开书包拉链，拿出放得整整齐齐的语文书，翻开一页，将树叶放进去。

"这样就可以了吗？"她问陈驰星。

陈驰星也把树叶夹在语文书里，点头说："等过几天，树叶被压干就可以了。"

"它就会一直不变吗？"

"当然。"

"快到学校了，你今天要说的鲁滨孙的故事还没讲完。"刘璃瓦有些失落地说。

"我可以放学再讲给你听，但是你现在有一个树叶标本的故事了，以后也可以讲给别人听。"陈驰星说。

刘璃瓦问："我应该怎么讲呢？"

陈驰星说："你先说时间，再说人，再说地点，再说事。"

刘璃瓦皱着眉头想了想，说："那我应该说，今天早上我和陈驰星在小院门口捡到了两片树叶，我们把树叶做成了标本，对吗？"

“你这是说话，不是说故事。故事应该这么说，今天早上天气很好，我和我的朋友刘璃瓦去上学，走了没多远，突然两片树叶落在了我们身上，我们观察了树叶的形状和颜色，发现这是两片不同的树叶，我们决定要保存这片树叶，于是我们放下书包拿出书，把树叶夹在语文书里，这样树叶就会被我们保存，做成标本，还能当书签呢。”

“你说的故事和我说的话很像，但是又比我说的长，听起来也比我的故事更有趣。”刘璃瓦说。

“等你以后学的字越来越多，看的书越来越多，知道的知识越来越多，你就知道应该怎么讲好一个故事了。当然……”陈驰星背着手，大摇大摆地走进学校，回头朝刘璃瓦道，“你还可以向我学习，我是不会吝啬教你的。”

“好啊，可是你刚刚说的‘吝啬’，又是什么意思呢？”她清脆的声音问。

…………

今天老师要宣布新的少先队员的名单了。一年级的时候刘璃瓦没有当班干部，所以老师没有宣布她进少先队员名单，这个学期刘璃瓦做语文课代表了。果然，班主任念的第一个名字就是她：“刘璃瓦、陈驰星、吴思雨……”

老师一共念了十个小朋友的名字，说：“今天你们十个放学后留下来练习升大队旗，下个星期一你们十个人要和其他班的少先队员一起宣誓，到时候会发红领巾给你们，有了红领巾之后，不仅要穿校服，而且每天都要戴红领巾，知道了吗？”

刘璃瓦又紧张又兴奋，她和其他小朋友一起异口同声地说：“知道了！”

刘璃瓦还是第一次经历这么隆重的场面。放学后他们十个人被老师带到操场，和其他班的同学排成一个方阵，每个班派一个代表升旗，刘璃瓦班派的是陈驰星，看陈驰星领到白手套，刘璃瓦别提多羡慕了。

他们从排队形到练走方阵，一直练到天快黑了才回去。回去的路上，刘璃瓦忘了要听鲁滨孙故事的事了，她“叽叽喳喳”地问陈驰星戴白手套是什么感觉，站在升旗台上有没有很紧张……

陈驰星不厌其烦地一一回答了她。

回到小院的时候，奶奶已经站在院门口等她了。一见她回来，奶奶就板着脸道：“小瓦，今天怎么这么晚才回来？”

“奶奶，奶奶！我要当少先队员了！我们今天还排练了，一直排练到这么晚！”

“不是在外面玩？”

“不是的。陈驰星也当少先队员了，他下个星期一还要去升大队旗呢！”

看向陈驰星，奶奶的眼神温和了些，说：“陈驰星，你妈妈去加班了，今天要你在我们家吃饭，你和小瓦一起写作业好不好？”

陈驰星抿了抿嘴，点点头说："好。"

刘璃瓦抱着奶奶的手臂跳起来了，说："陈驰星要在我们家吃饭？太好了，太好了！我有朋友和我一起吃饭了！"

"你们先吃饭，吃完饭就写作业，写完作业再洗澡，洗完澡就睡觉。驰星，你先在奶奶这里住，等你妈妈回来就接你回去。"

陈驰星依旧点头说："好。"

刘璃瓦一晚上都很高兴，吃饭的时候"叽叽喳喳"说个不停，写作业的时候写两个字就要手舞足蹈地说好一会儿话，一会儿说"陈驰星，你的字真好看"，一会儿说"陈驰星，你的数学作业写得真快"，一会儿又说"陈驰星，你今天鲁滨孙的故事还没讲呢"。

陈驰星和刘璃瓦一起搬着小板凳在小台灯下写作业，陈驰星被她"叽叽喳喳"吵得有点烦了，就说："我今天不想讲故事了。"

"为什么？"刘璃瓦趴在桌上，看陈驰星的表情，"你今天是不是不高兴了呀？"

陈驰星垂下眼睛，小声地说："我的妈妈不在家，我有点伤心。"

她学着大人的样子，将手放在他头顶，摸了摸他的头，努力安慰他："没关系的，我们家和你们家这么近，你的妈妈一回来你就能听到她的声音的。"

陈驰星抬头看了一眼黑茫茫的窗外，依然失落。

刘璃瓦拍着小胸脯，认真道："而且还有我陪你啊，我们不是最好的朋友吗？”

她的眼睛亮亮的，像盛着星光一样。陈驰星心里的低落不自觉地被抚平，他轻声道：“对，我们是最好的朋友。”

陈驰星没想到，让他伤心的事还在后面呢。

写完作业要洗澡了，陈驰星的母亲放了一套陈驰星的衣服在刘奶奶这儿。

因为是秋天，还没有很冷，那个时候家里又没有什么热水器淋浴头的，小孩子都是在院子里用大盆洗澡，光着身子跑来跑去。

刘璃瓦先洗，她洗澡的时候陈驰星便在屋子里看书，眼睛绝不往外看。

等刘璃瓦洗干净，被奶奶抱进来，陈驰星便赶紧转过头去看墙。

刘璃瓦穿好衣服之后，奶奶要帮陈驰星洗了，陈驰星和刘璃瓦约法三章：不可以看他洗澡，绝对不可以看他洗澡，绝对绝对不可以看他洗澡。

刘璃瓦连连点头应好。

等陈驰星脱完衣服，奶奶拿着勺子往他身上倒水。听着“哗啦啦”的水声，刘璃瓦就有点忍不住想往外看了。

为什么不能看他洗澡？

奶奶在洗手间洗澡的时候，她还经常进去上厕所或者给奶奶拿衣服呢。

刘璃瓦穿好鞋子，从床上下来，“噼啪噼啪”地跑出去。陈驰星正洗头，满头的泡泡，他低着头闭着眼睛，两个手在头上揉着，奶奶在给他倒水。

刘璃瓦接住了一个飞起来的泡泡，“呼”地吹一下，把泡泡吹开了。

“哇，奶奶，好多泡泡啊！”刘璃瓦高兴地说。

一听到她的声音，陈驰星立马“哇哇”叫着捂住了下面，大声道：“刘璃瓦，你进去！”

“你怎么了？受伤了吗？”刘璃瓦问。

陈驰星“啊”地惨叫了一声，悲愤道：“刘奶奶，您让她进去！”

奶奶乐得直笑，扭头冲刘璃瓦道：“你出来干什么？快进去。”

刘璃瓦不情不愿地走回去，嘟囔着：“奶奶，您都在笑……”

后来陈驰星决计不再提这件事，刘璃瓦问了两句他怎么了，没问出个结果，也就没意思地不问了。

晚上，刘璃瓦和陈驰星睡在一张小床上，床边是打开的窗户，蚊帐挡着蚊子，房间里还喷了花露水，香香的。陈驰星和刘璃瓦说鲁滨孙的故事，说了一会儿，刘璃瓦就睡着了。陈驰星向窗外望去，看到了满天的星星，柔和的风吹着，陈驰星揉揉眼睛，没一会儿也睡着了。

蟋蟀的叫声逐渐变远，半梦半醒之间，他好像听到了母亲回来的声音。

第二天早上陈驰星是被捏着小鼻子叫醒的，他一睁开眼睛，就看到母亲笑眯眯地看着他。

“小懒虫，都九点了，还不起来啊？”

“妈妈！”他张开手扑进母亲的怀里。

他的母亲颠着他，拍拍他的小屁股，指着刘璃瓦说：“你看妹妹睡得多好，规规矩矩的，你就睡得四仰八叉。”

刘璃瓦是躺平了笔直睡的，一觉睡到早上都不会翻身，连身上的被子都是平平的。而陈驰星睡着睡着就开始到处转，醒来的时候已经是脑袋对着床沿，被子滚得乱七八糟了。

陈驰星可不在乎这些，他睁圆眼睛开心地说：“小瓦是妹妹吗？”

“你是5月21日生日，小瓦是6月22日，小瓦比你小一个月，当然是妹妹。”

陈驰星拱啊拱，黏黏地说：“妈妈，我喜欢小瓦妹妹，我以后还可以来她家住吗？”

妈妈想了想回答说：“驰星，因为妈妈要上晚班不能照顾你，所以你现在可以在小瓦妹妹家住，但是等你再长大一点就不可以了，你要回自己家住了。”

“为什么呀？”

“你忘记妈妈和你说过了吗？你是男孩子，妈妈是女孩子，小瓦妹妹也是女孩子，你长大了就要自己一个人睡了。”

“好吧。那什么时候才是长大了呢？”

“等你三年级吧，三年级的时候你就不能来小瓦妹妹家睡了。”

“妈妈，可是爸爸也长大了，爸爸还可以和妈妈睡呀？”

妈妈捏住了陈驰星的小鼻子，和他说：“妈妈和你说过什么？”

“爸爸妈妈是夫妻,可以一起睡。”陈驰星突然福至心灵,他抬起头,张着缺了一颗牙齿的嘴,大声道,“我以后也要和小瓦妹妹做夫妻!”

“陈驰星,”妈妈的脸色一下拉了下来,她板着脸说,“这种和女孩子做夫妻的话不能乱说的知不知道?你们现在是好朋友,以后也可以是好朋友,但如果以后小瓦妹妹长大了,有了比你更好的男孩子朋友了,你就要自觉地保持距离,知不知道?”

“我知道的,妈妈。”陈驰星低落起来,伸手揽住母亲的脖子,小声说,“妈妈,我不想长大了,长大一点儿也不好。”

“人小鬼大。”母亲拍了他一下,“去把小瓦妹妹叫醒吧,起来吃早餐了。”

刘璃瓦被叫醒后不哭也不闹,看见阿姨就揉着眼睛迷迷糊糊地叫:“阿姨好。”

“小瓦好。”陈驰星的母亲向她伸出手说,“小瓦,要不要阿姨给你穿衣服呀?”

“不用,不用,我已经上二年级了,自己会穿衣服了。”

陈驰星的母亲牵了下陈驰星说:“那阿姨先带驰星出去,你换好衣服出来洗漱吃饭哦。”

“好。”刘璃瓦乖巧地点头。

房间的门被掩上,刘璃瓦听到外面陈驰星兴高采烈说话的声音,她飞快地爬起来自己穿好衣服,披散着头发走出去了。

洗漱完，陈驰星的母亲见她头发一直乱糟糟的，问她："小瓦，你会不会梳头发呀？"

刘璃瓦摇头："奶奶会给我梳马尾的。"

"那今天阿姨给你扎小辫好不好呀？"

刘璃瓦高兴地说："好！"

阿姨先帮刘璃瓦扎了一个高马尾，接着抽出上面的一股头发编成小辫，接着用一个小橡皮扎住下面一股头发，将头发绕过去，又将辫子放下来，轻轻往上一推马尾就变成了蝴蝶结。阿姨将蝴蝶结下面扎住，调整好蝴蝶结的位置后将刚刚扎的小辫松开，和下面的头发重新合在一起，分成两股，扎成两个小辫，就这样一个蝴蝶结马尾编好了。

陈驰星在一旁围观着，连连发出"哇"的声音。

"是一个蝴蝶结！小瓦妹妹你看。"陈驰星捧着圆镜侧着给刘璃瓦看她的头发。

刘璃瓦用手摸摸蝴蝶结，惊讶道："阿姨好厉害呀！"

陈驰星的母亲笑着说："小瓦真漂亮。"

"谢谢阿姨。"刘璃瓦从小凳子上跳下来，迫不及待地去找奶奶看，"奶奶奶奶，您看阿姨给我编的头发。"

"你有没有谢谢阿姨？"奶奶说。

"谢谢了的！奶奶，我喜欢陈驰星的妈妈，他的妈妈好厉害啊！"

"那你喜欢你的妈妈吗？"

“我当然喜欢妈妈！一百倍地喜欢爸爸、妈妈，一百倍地喜欢奶奶，但我还很喜欢陈驰星和陈驰星的妈妈。”

“就你嘴甜，吃早餐去吧。”

“阿姨，陈驰星，我们吃早餐了！”刘璃瓦开开心心地喊道。

奶奶熬了小米粥，配的是自家做的酱菜。那个时候如果没有去买早餐的话，几乎人人家里早上都是这么吃的。

粥是甜的，酱菜是咸的，小勺子从边边开始刮，粥面上结了一层皮的地方最好吃，再往下水就比较多，粥还很烫，必须一小勺一小勺地慢慢吃。

吃饭的时候奶奶和陈驰星的母亲聊天，问起陈驰星的父亲的情况，刘璃瓦也好奇地立起耳朵听着。

陈驰星的母亲说：“驰星的爸爸因为工作去西南了，我们原来是住在水利局单位里的，因为离我上班的地方太远，我一个人怕照顾不到驰星，就搬到这边来了，这里离单位近，离学校也近。”

“你们老家是哪儿的？”奶奶问。

“老家是延山那边。”

“延山？那离安镇很远啊！”

“是，不过工作分配到安镇纺织厂，就一直住在这边了。”

“你一个人带小孩还是很不容易吧？还是要让孩子爸爸多回来看看。”

“是，他清明节还有中秋节、国庆节、春节这些节假日都会回来住几天再走的。”

“那快回来了吧？今天已经八月初五了。”

“对，他八月十五会回来的。”说起驰星的父亲，陈驰星的母亲脸上的笑意也更温柔了。

刘璃瓦很为陈驰星高兴，因为她一个星期没见到父母就会很想他们，如果比一个星期还久，她都不敢想那会是有多久。

大人可真厉害，总是把时间说得很长很长，都能等很久很久。

（二）

吃过早餐又玩了一会儿，刘璃瓦要去父母那儿了，她今天还想带陈驰星一起去，告诉爸他们她有新朋友了。

陈驰星的母亲昨天上的晚班，白天得要休息，便给了两块钱让陈驰星去玩。

奶奶从来不会给刘璃瓦那么多钱，那时候刘璃瓦每天都只有五毛钱，今天坐公交车去父母那儿就要五毛钱。

从家里去父母的诊所，走路有点远，但坐公交车五个站就到了。父母和她说过，在路上不能和陌生人说话，不能吃陌生人的东西，不能跟着陌生人走，还不能在马路上玩。刘璃瓦很乖地一一执行，上了公交车之后她就不会说话了。

有时会有大人故意逗他们，陈驰星想说话，刘璃瓦就会扯扯他袖子，让他不要搭理他们。

就这样，他们风平浪静地到了小诊所。

诊所只有两个门面，一个是药房，一个是接诊的地方，两处都有靠椅给打吊针的人坐。刘璃瓦一下车就拉着陈驰星飞奔起来，跑进药房大声道："爸爸、妈妈！"

这清脆的声音一响，大家就都知道是刘医生的女儿来了。

"哎哟，乖女儿。"刘医生一把抱起刘璃瓦，有力的双手把她举得高高的。

刘璃瓦"咯咯"笑起来。

刘医生把刘璃瓦放下来后看到了站在她身后的小男孩，他道："你今天还带朋友来了呀？"

"是的，我要向您和妈妈介绍他。他是我现在最好的朋友，他叫陈驰星，是我们班成绩最好、最会讲故事的，他就住在我们家旁边呢！"刘璃瓦郑重其事地将陈驰星介绍给自己的父亲。

刘医生揉了揉刘璃瓦的脑袋，在陈驰星面前弯下腰来，伸出手说："你好，小朋友，我是刘璃瓦的爸爸，很高兴见到你。"

"我也很高兴见到你，叔叔。"

陈驰星老气横秋的口吻一下让药房里的病人都笑起来了。

刘璃瓦妈妈听到声音走出来，问："让我看看是谁来啦！"

刘璃瓦古灵精怪地说："是你的女儿，还有你女儿的朋友来了！"

"原来是我家小琉璃来了。"刘妈妈一眼看见了她今天梳得漂漂亮亮的头发，惊讶道，"是谁给你梳了这么好看的头发？"

"是陈驰星，妈妈！"刘璃瓦拉过陈驰星，和母亲说，"妈妈，给您介绍我最好的朋友，陈驰星。"

刘璃瓦的母亲伸手在陈驰星的脸上轻轻捏了捏，笑着说："哎哟，这小脸肉嘟嘟的，真可爱。"

陈驰星羞极了，躲到了刘璃瓦身后去。

刘璃瓦张开手护住陈驰星，生气地说："妈妈，您不能欺负我的朋友，不然下次我就不带他来找你们了。"

刘爸爸忍不住笑道："小丫头片子。"

刘妈妈点了点她的鼻子说："你个小没良心的。"

"不理你们了，我要带他去我的秘密基地玩！"

刘璃瓦的秘密基地是诊所后面的院子，后面只有一间平房，是仓库，也是她的父母的起居室。

二楼是一个小阁楼，里面有一张小沙发，有刘璃瓦很多的玩具，有娃娃、木马车、过家家的玩具，还有故事书。

"这是我的秘密基地，这些玩具都是我的，现在你都可以玩。"

陈驰星羡慕地说："你有好多娃娃啊！"

"这都是爸爸、妈妈给我买的，我们来玩过家家的游戏吧！"刘璃瓦把玩具娃娃拿下来，将很多很多的玩具娃娃堆在沙发上。

“你想当爸爸还是妈妈？”

陈驰星说：“我要当爸爸。”

“那我当妈妈。”刘璃瓦说。

“我的孩子是个男孩还是女孩好呢？”刘璃瓦捧着脸纠结地说。

“女孩。女孩的话，你就可以给她扎和你一样漂亮的辫子。”陈驰星建议道。

刘璃瓦拿起长头发的布偶娃娃，想了会儿说：“男孩吧，他可以像你一样会讲很多很多故事。”

“不要男孩，我会讲故事就可以了。”陈驰星指指刘璃瓦和她手上的娃娃，“我能讲故事给你们两个人听。”

“那太好了，我们给她取个名字吧！”

陈驰星支着下巴想了一会儿，说：“我叫陈驰星，你叫刘璃瓦，那她就叫星与瓦吧。”

“星与瓦，听起来很有趣，那就叫星与瓦了。”刘璃瓦找出笔说，“我要给她写上名字。”

“写在这里吧。”陈驰星指着娃娃的水洗标说。

刘璃瓦趴在地上，认真地在一笔一画地写下“星”字。

“呀！”刘璃瓦道，“‘与’怎么写呀，是语文的‘语’，还是下雨的‘雨’？”

“我来写。”陈驰星拿过笔，“是这样写的。”

他在稚嫩的“星”字后面，用工整笔迹加上了“与瓦”两个字。

刘璃瓦高兴地举起娃娃说：“从今天开始，你的名字就叫‘星与瓦’了。”

“现在天亮了，我要给宝宝穿衣服了。”刘璃瓦说。

陈驰星道：“那我去做早餐。”

假装吃完早餐，刘璃瓦说：“今天星期六，我们要带宝宝去出去玩。”

“那我们去楼下玩吧。”陈驰星提议道。

他们穿好鞋子，“噼里啪啦”跑下楼。

在楼下他们看到一个拾荒的老奶奶。

院子的角落里堆放了一些用袋子装着的医疗垃圾，有点滴瓶、针管还有一些塑料垃圾。

那个老奶奶站在医疗垃圾袋前，用手翻了翻瓶子。

刘璃瓦站在门口看见这一幕，迟疑了一会儿，出声道：“奶奶，那个是不能拿的。”

老奶奶吓了一跳，回过头来，看到是一个小姑娘和一个小男孩站在那里。她沉默了一下，问：“这些都不能拿吗？”

“这个是要去专门的地方处理掉的，上面还有细菌和病毒，所以不能翻的。”刘璃瓦说着，有些难过起来。

她抱着娃娃走过去，道："这些不能给您，但是纸盒可以卖钱，您要纸盒吗？"

"好啊，好啊！"老奶奶急切地回复。

"那您等等，我去问问妈妈可不可以把纸盒给您，好吗？"

"好好好！"老奶奶连忙说。

"你帮我拿着。"刘璃瓦把娃娃递给陈驰星，跑去前面问母亲要纸盒。

陈驰星抱着娃娃，抿了抿唇。

他的一只手在裤兜里，摸着母亲给他的钱，因为坐公交车花了五毛，他现在身上还有一块五。这一块五他原本是想请刘璃瓦吃冰棒的，但现在这一块五有比吃冰棒更重要的用途了。

想了一会儿，他从兜里拿出那张一块钱的纸钞递给老奶奶，说："奶奶，这个给您。"

老奶奶看了看钱，慈爱地问："小朋友，你妈妈不会说你吗？"

"这是妈妈给我的，她不会说我的。"陈驰星郑重其事地说。

"谢谢你，小朋友，自己拿去买糖吃吧。"老奶奶拒绝了。

老奶奶没有要，陈驰星不知道为什么，并不觉得开心。

他抿着嘴不说话了。

刘璃瓦从诊所跑回来，高兴道："奶奶，奶奶，我妈妈说那些纸盒可以都给您，您等一下。"

刘璃瓦拉拉陈驰星的袖子，说："你来帮我一起拿纸盒。"

纸盒在屋子里，刘璃瓦和陈驰星把娃娃放回阁楼，拖着绳子把纸盒拖出来。

"都在这里了。"刘璃瓦道。

老奶奶没想到会有这么多，紧张起来，双手在衣服上擦了又擦，道："我把钱给你们吧！"

"不用不用，我妈妈说这些都可以送给您，不用给钱的。"刘璃瓦连连摆手。

"谢谢你们。"老奶奶打开纸盒绳子，放下自己的麻袋，把纸盒撕开一个一个塞进麻袋。

刘璃瓦和陈驰星见她撕得很吃力，也纷纷来帮忙，就这样撕了很久很久，才把纸盒都塞进麻袋里。

终于把纸盒都整理好了，老奶奶把麻袋背上肩膀。

沉甸甸的袋子压得她脊背弯曲，刘璃瓦和陈驰星站在她后面，看着她脸上满足的笑，一步一步沉重而蹒跚地将袋子背出去。

"陈驰星，"刘璃瓦低落地说，"我们明明帮助了这个老奶奶，我却一点都高兴不起来，这是为什么啊？"

陈驰星说："我也不知道。"

"她看起来很可怜。"刘璃瓦说，"等我长大了，一定要做一个很有用的人，能帮助所有需要帮助的人。"

陈驰星很小的时候，他的父母就告诉他要做一个说真话的孩子，陈驰星想了想，告诉刘璃瓦：“你可以去做，我也会帮你，我们一起帮所有需要帮助的人。”

天渐渐黑了，以往刘璃瓦会睡在父母这边，但今天要送陈驰星回家，公交车已经没有了，父亲推出了他的自行车，刘璃瓦坐前面的横梁上，陈驰星坐后面的位置上，父亲跨上车，脚一蹬就轻轻松松载着他们两个回去了。

刘璃瓦玩累了，打起了瞌睡，头一点一点的，后来就靠着父亲的肩膀睡着了。

陈驰星还是很小的时候坐过父亲骑的自行车，后来父亲有汽车了，他就再也没有坐过自行车，因而这种被风吹着，听着自行车“嘎吱嘎吱”声音的感觉让他觉得很新奇。

他一路东张西望。

坐自行车真好，抬头还能看到好多星星。陈驰星想。

后来快到小院了，要穿过一个巷道，巷道没有灯，刘璃瓦的父亲把车停在巷道外面，背起睡着了的刘璃瓦，另一只手拉着陈驰星，往里走。

陈驰星打着手电筒，长长的光束穿透小巷，一直照到小院门口。

这是一个宁静而又悠远的夜，长长的巷道像人生的旅途，以为走了很远，回头一看才发现原来只有那么一点。

那天过后，秋意渐渐浓了，天气转凉，他们都穿上了秋装校服，蓝白的外套和蓝色的校裤，像天空的颜色。

秋潭小学的操场还没建好，操坪上都是黑色的沙子，星期一升旗仪式他们在操坪上举行了少先队员入队仪式，还戴上红领巾拍了很多照片。

班主任为了给他们留念，还专门把班上入队的十个人集合在一起拍了一张。刘璃瓦和陈驰星站在第一排，鲜艳的红领巾挂在胸前，这是他们的第一张合照。

学校的生活丰富多彩，小院子也因为陈驰星的到来而变得更热闹起来。

院子里刘璃瓦和陈驰星玩捉迷藏，打银杏果，在小蚂蚁窝旁边撒糖，小小一个院子似乎有无限的趣味。

到了周末，刘璃瓦有时候会去父母那儿，有时候不会去，不去的时候就和陈驰星在院子里讲故事，睡午觉就躺在银杏树下的小榻上，睡着了，奶奶就会拿毯子给他们盖上。

有时候睡了好久，睁开眼睛，身上落满了银杏叶，有时候被痒醒，一摸发现是小蚂蚁爬到手上来了。

日子一天天过着，很快就到了中秋节。

陈驰星的父亲回来了。这是刘璃瓦第二次看到那辆小轿车，可真气派，这一次刘璃瓦不用躲在树后面看了。

陈驰星的母亲早上开始就在院子里等了，她穿着淡蓝色的裙子，裙子上有百合花，她的身上也香香的，像涂了比雪花膏还香的香膏。

陈驰星一直在探着头往外看,刘璃瓦也忍不住和他一起焦急地等待着。

终于，小汽车从另一条路开进来了，径直开在小楼下停下。

陈驰星跳了起来，大声道：“爸爸！”

一个男人从车上下来，他又高又壮，圆圆的肚子把身上的西装撑了起来，像巨人一样。他一把抱起陈驰星，乐呵呵地笑着说：“儿子，你是不是又胖了？”

陈驰星用头顶了他一下，道：“你也胖了！”

陈驰星的父亲立刻吹胡子瞪眼起来，说：“你懂什么，爸爸这是过劳肥，你这是幸福的胖小子。”

陈驰星的母亲听着笑了起来，拍拍陈驰星的父亲的臂膀道：“老公，辛苦了。”

“爸爸，我在这里交了新朋友，她叫刘璃瓦。”陈驰星高高地坐在父亲的肩膀上，朝刘璃瓦招手说，“小瓦，快过来。”

陈驰星的父亲是刘璃瓦见过最高的人了，她有点害怕，不敢上前来，背着手站在原地，摇了摇头。

“老婆，去把车后备厢的水果和月饼拿出来。”陈驰星的父亲对陈驰星的母亲说。

后备厢塞满了东西，有行李箱，还有各种各样的礼物。

陈驰星的母亲拿了一篮子精致的水果和一盒月饼给刘璃瓦的奶奶，热切地说：“刘婶，这些天辛苦你照顾我家驰星了，中秋节了，一点点礼物你收下吧。”

奶奶推拒了几次，最后盛情难却，还是收下了东西。

“小瓦，你过来呀，我爸爸还给我买了篮球和巧克力呢！”陈驰星朝刘璃瓦说。

陈驰星的父亲也说：“小姑娘，你过来看看有没有喜欢的礼物。”

刘璃瓦仍是摇头，站了一会儿，她趁着大家没注意，就偷偷跑走了。

“驰星，你的朋友很害羞啊！”陈驰星的父亲说。

陈驰星不赞同地揪父亲的头发，说：“是你声音太大，吓到她了。”

“好吧，那下次你邀请她来我们家玩，我们先回去咯。”陈驰星的父亲放下他，从后备厢里拎起行李和礼物，和母亲并肩上楼了。

奶奶拿了东西回来，问坐在沙发上的刘璃瓦：“小瓦，你吃不吃水果？”

刘璃瓦摇头。

“那月饼呢？”

刘璃瓦也摇头。

“你刚刚怎么不和叔叔打招呼？”奶奶问她。

刘璃瓦小声说：“奶奶，我有点害怕他，我觉得他和我的爸爸不一样。”

“陈驰星的爸爸是做官的，当然和你的爸爸不一样了。”

“可是……可是，可是我觉得我的爸爸也很厉害。”

“当然。”奶奶说。

“但是我的爸爸没有小汽车，也没有从很远的地方回来，也没有带很多礼物。”

“小瓦，别人的爸爸是别人的爸爸，你的爸爸是你的爸爸，你羡慕别人有很有钱的爸爸，也会有人羡慕你有爸爸。”奶奶的口吻严肃起来。

“奶奶，我不是羡慕陈驰星的爸爸。”刘璃瓦皱着眉头努力想要怎么表达自己的意思，她想了好一会儿才说，“我只是觉得，陈驰星好像和我们整个小院的小朋友都不一样，感觉和我们好远好远啊！”

奶奶说：“小瓦，你和陈驰星现在是好朋友，但有一天陈驰星会离开小院，去别的地方上学，而你也一样会离开这里，去其他的地方，那个时候你们才会很远很远。”

“我不要离开奶奶。”刘璃瓦被吓到了，扑在奶奶的膝盖上紧紧抱住她。

奶奶摸了摸刘璃瓦的头，说：“你会长大，没有人能一直陪着你，你的爸爸妈妈不会，奶奶不会，陈驰星也不会，所有人都是这样长大的。”

在刘璃瓦幼小的世界里，永恒的观念第一次被打破了。

她以为什么都会是永恒的，父亲、母亲、奶奶会一直陪着她，她会一直在安镇上学，而陈驰星也会一直和她是好朋友。

可奶奶说不是的，有一天，父亲、母亲、奶奶、陈驰星都会离开她，而她也总有天会离开安镇，去往更大的世界。

nianshaoshi

第三章 · 年少时

一切世事变化都还未曾到来。

（一）

四季斗转，眨眼已过去四个春秋。

这一年，刘璃瓦和陈驰星都直升初中部，在秋潭中学读初一了。

初一这年，刘璃瓦还是生理发育得很慢，小升初暑假过去，她的很多同学都快一米六了，她还在艰难地往一米五长。

无独有偶，陈驰星和她可谓难兄难妹，从小学三年级开始，陈驰星就越来越瘦，逐渐长出些日后好看的轮廓来了，可身高总是不见长，初一这年，也只比刘璃瓦高出半个头。

因为秋潭中学和秋潭小学不是一个门进出的，小学部和初中部之间还拉了蓝色的钢丝网隔开。刘璃瓦和陈驰星都长得矮矮的，别的同学不用戴校牌就能进学校，刘璃瓦和陈驰星却还总是要被拦下来看过学生证才能被放进去。

不过得益于身高“优势”，陈驰星和她都坐在教室的最前排，依然是同桌。

小院还是那个小院，随着比他们大的小孩都上高中了，整个小院也就逐渐冷清起来。

小院至今未变的，只有房子、银杏树，还有两个小豆丁。

在学习上，陈驰星依旧是遥遥领先，小升初的分班考上，陈驰星毫无疑问地拿下了第一名。

一个年级三百人，一个班五十个人，刘璃瓦每天学很久才能搞懂那些知识点，最后在分班考中考了第四十九名，好险依然和陈驰星在一个班。

如果没有陈驰星对比，刘璃瓦在三百人中考了四十九名，肯定很骄傲了，可有了陈驰星做对比，他把书翻一遍，轻轻松松就考了年级第一名，简直不要太伤人！

小学时候就一直是这样，陈驰星稳居第一名，刘璃瓦要期末很努力复习才能考到班级前五名。语文还好，数学是特别拉她后腿，英语因为和陈驰星是同一起跑线，还和陈驰星一起参加了课外培训班，刘璃瓦在这一门上还能和陈驰星打成平手。

现在上了初中，数学更难了。经常一堂课下来，刘璃瓦听得满头雾水，一扭头，发现陈驰星已经开始预习后面的内容了。

陈驰星也会教她，但教会这题不会下题，她总是把步骤记住，但为什么要用这个步骤她搞不明白。陈驰星知道，但他说不明白，或者他说完了，刘璃瓦更搞不明白了。

陈驰星说她在数学上完全是单细胞生物，刘璃瓦把受伤的玻璃心拼凑拼凑，然后接受了自己在数学上和陈驰星对比确实是个草履虫的事实。

上初中后，陈驰星的数学天赋开始大放异彩，小学时陈驰星就参加过数学竞赛，初中因为有了小学数学老师推荐，直接进了校竞赛队。

以前刘璃瓦可以和陈驰星一起上下学，现在因为陈驰星要在学校上竞赛培训课，刘璃瓦只能自己先回家。

不过因此，刘璃瓦也开始交到其他的好朋友了。

以前她总是和陈驰星在一起玩，一起上下学，同路的女生就不好意思和刘璃瓦一起走，现在刘璃瓦就很自然地和其他同路的同班女生走在一块了。

不过，她最好的朋友还是陈驰星。

初二暑假，陈驰星终于开始长个了，而且还是疯长。

因为数学竞赛进了省赛，陈驰星参加省夏令营去了首都集训。八月末陈驰星回来，别说刘璃瓦，连陈驰星的母亲都不敢认他了！

他的个子有一米七多了，比他的母亲还高，声音开始变得低沉，身上稚嫩的孩子模样一下就没有了，完完全全是个好看的小少年了。

而刘璃瓦长到一米五五后身高就没变过了，她每天都喝牛奶，除了皮肤变白了一点，就只有肚子长出了一点小肚腩，真是令人欲哭无泪。

陈驰星从集训队回来，看到刘璃瓦也很高兴，她好像还是没怎么变，瘦瘦小小的，没有黑黝黝瀑布一样的长发，头发是细软的带着点黄色的，乖巧地披散在肩膀上。

他和刘璃瓦讲他在首都的见闻，说他去了最好的大学上课，去看了故宫爬了长城，说他和外国人聊天，说他一个人逛夜市。

他还给刘璃瓦带了礼物，是一个纪念日书签，上面写着“不到长城非好汉”，他说以后他们上大学了，一定要一起去爬长城。

刘璃瓦还从来没有出过省，被他说的经历迷住了，对他说的爬长城的美好愿景连连点头，那张“不到长城非好汉”的书签也被她珍之重之地夹进初中语文课本里。

开学的第一个星期，陈驰星没有竞赛培训，可以和刘璃瓦一起回家了。

不过他在集训队结交了一些同校的朋友，他们一放学就来找陈驰星去球场打球。

刘璃瓦原本在慢吞吞低着头收拾东西，一听到那些男生喊：“陈驰星，来打球。”

她立刻抬起头，推推陈驰星，说：“你的朋友在叫你。”

“不去了，我和你一块回去。”陈驰星说。

刘璃瓦赶忙道：“去呀，你别不去啊！”

“那你怎么办？”

刘璃瓦指着同样在等她的女生们说：“我和朋友一起回去。”

陈驰星的眉头拧了一下，顿了好一会儿，见刘璃瓦目光热切，满眼写着“你快玩去吧”，他只好道：“好，那你路上注意安全。”

“放心吧，你打球也注意安全，拜拜，拜拜。”刘璃瓦收拾东西的动作一下利落起来，她拽起书包，飞快地和女生们一起走了。

陈驰星的眉头依然皱着，他从教室走出去，站在走廊往下看。没一会儿，刘璃瓦和朋友们从教学楼下去了，她拉着一个女生的手，脸上满是笑，手舞足蹈的，不知道在一起说什么，看起来可开心了。

“陈驰星，看什么呢？叫你打球，去不去啊？”他朋友从后撞了他一下。

陈驰星收回视线，说：“去。”

刘璃瓦是在躲着陈驰星，一方面是因为她没有长高，和陈驰星走在一块总要抬着头和他说话，明明是一起长大的，一个暑假他就长高了，这个事实令她幼小的自尊心很受挫。另一方面是因为她觉得陈驰星有一点点陌生了，不仅是样貌陌生，更是内在的，他好像接触了另一个比安镇更大的世界，不是像小时候那样说故事似的见闻，这一次，他是故事里的主角。

这种情绪不是羡慕或者嫉妒……而是，一点点的自卑。

刘璃瓦觉得自己和陈驰星的共同话题少了。这个暑假她和朋友聊电视剧，聊明星，逛街，聊女生的事情，都是一些小女生的东西，以前不觉得有什么，现在把这些事情再说给陈驰星听就奇怪。

她也不知道陈驰星还会不会愿意听。她不想被陈驰星讨厌，也不想被陈驰星发现她有那么一点点的自卑，所以她决定开始和陈驰星保持距离。

但她和陈驰星还是朋友。

刘璃瓦长大了，不能再和小时候一样在院子里洗澡了。家里的洗手间重新装修过，做成了干湿分离的两个区，装了太阳能热水器，能在家里不用烧水就直接洗澡了。

浴室里有一面镜子，刘璃瓦洗完澡，突发奇想地擦干净镜子上的雾气观察自己的变化。

她还是个头矮矮的，要到什么时候才能长高呀！

刘璃瓦挫败地擦干净身体，穿上睡衣。她的头上绑着发带，湿湿的头发披散着，然后搬着小凳子往院子里走。

现在天气还热，只要在院子里坐半个钟头，头发就会干。

夏天的蚊子很多，刘璃瓦给自己涂了厚厚一层花露水，此时正坐在院子中间，弯着腰，低着头用毛巾擦着头发。

擦着擦着，她突然看见地面上出现了一双球鞋，她顺着球鞋抬头往上看去，看到了抱着篮球的陈驰星。

他一只手拿着篮球，单肩背着书包，校服外套被他系在腰上，看起来懒懒散散的。

他就这么一声不吭地看着刘璃瓦。

刘璃瓦被他的突然出现吓得心脏漏了一拍，她往后仰了仰，好一会儿才说："你刚回来吗？"

"嗯。"陈驰星应一声。

刘璃瓦看着他的神情，小心翼翼道："你怎么了？不高兴吗？"

陈驰星平静地道："没有。"

"噢！那你快回去吃饭吧。阿姨之前还问了我你回没回来，我说你去打球了。"

"你没有什么想和我说的吗？"

"说……说什么？"

"下次不用你说了。"陈驰星说完就大步往小楼走。

刘璃瓦立刻站起来，说："你怎么了？"

陈驰星转过身，说："我没怎么！"

刘璃瓦被他吼了，愣了一愣，才小声道："我搞不懂你。"她有点委屈。

晚风吹得有点凉，还有蚊子在咬她，她蹲下来拍了拍小腿，不想理陈驰星了。

陈驰星转回身，大步往前走了两步，又走回来，单手解开腰上的校服，劈头盖脸地扔在刘璃瓦的头上，粗声粗气说："把衣服穿好，回去把头发吹干，还有……"

刘璃瓦两只手抓着衣服，从衣服下露出毛茸茸的脑袋和圆圆的眼睛，问："还有什么？"

伤风败俗！

陈驰星别开眼睛，气急败坏道："以后不许在院子里弯腰擦头发！"说完，他"噌噌噌"地回去了。

进了小楼，陈驰星用手搓了搓发红的耳朵，刚刚那一幕见了鬼地不断在他眼前回放。

少女弯着腰，宽松的睡衣衣襟落下，露出一截隐秘的风光。

陈驰星站在那儿，不经意一瞥，就怔住了，脚下像生了根，脸"噌"地红了起来，连他原本走过去是要说什么的都忘了，仓皇地胡言乱语几句落荒而逃。

陈驰星愤恨捶墙。

这个晚上必定是两个人的失眠夜。

不过，陈驰星的失眠更严重一点，他半夜起来把床单扔进洗衣机，然后枕着手臂再也没能睡着。

第二天早上，陈驰星依旧买了早餐在小院门口等刘璃瓦出来。

刘璃瓦接过早餐，小口小口地吃起来，两个人默契地不提昨天晚上的事。

"你今天晚上竞赛要培训吗？"刘璃瓦问他。

"不用，这个星期都不用。"陈驰星说。

刘璃瓦点点头，说："那今天放学我等你一起。"

陈驰星的嘴角抿了抿，没抿住，扬了起来。他别扭道："你收拾书包那么慢，是我等你才对吧。"

刘璃瓦的两条腿要很费力才能跟上陈驰星的步伐，她叹了口气，说："好吧，那你等我。"

陈驰星放慢步伐，闲逛似的，小步走在刘璃瓦旁边。

等走到教室，刘璃瓦的额头上已经出了一层薄汗了，她拿出纸巾，仔细把额头上的汗都擦干净，拿出书，准备开始早读。

"有草稿纸吗？"陈驰星朝她伸手。

"我找一下。"刘璃瓦好脾气地把抽屉里的本子都拿出来，突然，一个东西掉了下来。

是一个蓝色的信封，就掉在陈驰星的脚边。

陈驰星的眉头轻挑了一下，弯腰把信封捡起来，扬扬信封问刘璃瓦："这是什么？"

刘璃瓦愣愣地摇了摇头。

陈驰星把信封放回她的桌上，问："草稿纸找到了吗？"

"找到了，这个。"刘璃瓦把本子递给他。

陈驰星翻开空白的一页，低头写写算算起来，写了一会儿，笔突然顿住，他转头看向刘璃瓦，只见刘璃瓦还在困惑地拿着那个信封左看右看。

陈驰星用笔敲了敲刘璃瓦的桌子，扬扬下巴道："打开看看。"

刘璃瓦把信封放在桌上，摇摇头说：“不是我的东西。”

陈驰星面无表情地拿起信封，撕开封口，两只手微微一挤，里面的信纸就掉了出来。

非常直白，信上面写着：刘璃瓦，和我做朋友吧！

刘璃瓦睁圆了眼睛，像一只受惊的小仓鼠。

她一把抢过信纸，胡乱塞进课桌里，结结巴巴地和陈驰星说：“不……不是我放里面的。”

陈驰星看了她一会儿，说：“笨蛋。”他把信封扔回刘璃瓦的桌上，转回头，继续沉默地开始算题。

刘璃瓦小声地说：“我不笨，我上个学期期末是全班第三了。”

陈驰星面无表情地吐槽她：“第二名差了我 50 分，刘璃瓦，你比第二名分数还低 10 分，有点追求好不好。”

刘璃瓦也不高兴了，说：“反正我不笨，你才笨。”她别开头。

“不想当笨蛋可以啊。刘璃瓦，等你哪天追上来了，你就不是笨蛋了。”陈驰星冷哼一声说。

“陈驰星是世界第一笨！”刘璃瓦愤愤地在纸上写下了这句话，揉成纸团，丢进陈驰星的课桌里。

语文老师来查早自习了，刘璃瓦赶忙正襟危坐，举起课本摇头晃脑地念起古文来。

陈驰星的嘴角往下一撇，见她紧张兮兮的样子，隐隐地又笑了。

此时天光大亮，耳畔书声喧闹，往后的一切世事变化都还未曾到来。

（二）

最后一节课是体育课，集合完跑了两圈就自由活动了，陈驰星被男生们叫去打篮球，刘璃瓦和女生们一起回了教室。

“小瓦，你今天和我们一起走吗？”女生问刘璃瓦。

刘璃瓦摇头说：“不好意思啊，我今天要和陈驰星一起回去。”

“小瓦……”女生们的声音意味深长起来，她们推推撞撞刘璃瓦，“你和陈驰星是不是在那个啊？”

“那个？”刘璃瓦迷茫地说，“哪个啊？”

“就是，那个呀！”

“哪个呀？”

“那个！”有女生将两个大拇指合在一起。

刘璃瓦一下就懂了，脸一下全红了，飞快摇头道：“不是的，不是的，我和陈驰星是邻居，只是朋友。”

“真的吗？”女生们不太相信。

刘璃瓦跺脚说：“真的！我们……我们还小，怎么会……”她说不出口。

“好啦，好啦，知道你们没有那个啦。”女生们都哄笑起来。

有人说："小瓦，陈驰星长得这么帅，还聪明，你难道不喜欢他吗？"

"没有不喜欢，只是……"刘璃瓦说不出来。

"你们别逗小瓦啦，小瓦都不好意思了！"有女生笑着说。

刘璃瓦逆着人群走回去，肚子似乎疼了起来，她走着走着眼泪就掉了下来。她用手背拼命擦着眼泪，也不知道自己怎么了，她这两天变得好奇怪好奇怪，她都快搞不懂自己了。

她走进卫生间，关上门，就那么一会儿，卫生间里传出了一声尖叫。

陈驰星打完两场球赛跑回教学楼时，已经下课有一会儿了，他没在球场看到刘璃瓦，以为刘璃瓦在教室等他，一到教室他发现除了几个还在搞值日的同学，其他人都走得差不多了。

"你们看到刘璃瓦了吗？"陈驰星问在走廊拖地的男同学。

男同学擦了一把汗，说："不知道，放学这么久，可能已经走了吧。"

陈驰星走进教室，发现刘璃瓦的书包还在位置上，书本也还摊开在那，一切都还保持着上体育课之前的样子。

陈驰星疑惑地翻了翻书，把篮球放到一边，先帮刘璃瓦把桌上的东西整理起来。整理了一会儿，他忽然觉得不对劲，便拦住一个女同学问："你看到刘璃瓦了吗？她的书包还在这儿。"

"啊？她体育课的时候说要去上厕所，还没回来吗？"

“上厕所？哪个卫生间？”

“应该就篮球场旁边那个吧？”

“谢谢！”陈驰星拽起两个书包，连篮球都没拿就跑了。

刘璃瓦觉得自己今天可能要死在卫生间里了，她出了好多好多血，裤子全脏了，肚子也很疼，疼得她说话的力气都没有。她走出卫生间，想出去呼救，却没有了力气，唯一一点力气支撑着她不要坐到地上去。

她以前也肚子疼过，可再疼也只有那一阵，疼过了就好了，可是她现在一下比一下疼，最开始只是抽痛，现在像有一只手在她的肚子里拼命搅拌。她好像听到了有人在叫她，她想回应，却发现自己的声音像猫叫一样发不出来。

来个人，救救她吧……

刘璃瓦眼前开始泛起了白光，一轮一轮的，她感觉自己的意识一点一点地朦胧，她快站不住了。

她听到外面有人在奔跑的声音。

刘璃瓦不知道哪儿来的力气，扶着墙走到门口，接着她眼前一黑，天旋地转。

“小瓦！”

她听到有人在喊她。

得救了。她想。

陈驰星背起刘璃瓦就往医务室跑。

一路上陈驰星像疯了一样不停吼着“让开，让开”，一脚踹开医务室的门，吼道：“医生，她晕倒了！”

“把人先放床上，快快快，”医生道，“怎么晕倒的？有没有摔倒？”

陈驰星把刘璃瓦放床上，抓住她腿弯的手一松开就感觉到了手上的黏腻。他张开手一看，满手的血，他眼前一黑，险些跟着原地晕倒。

“医……医生，血，好多血。”他摊开手掌心给医生看。

医生一下给他唬住了，连闻声赶来的老师们都被唬住了。

医生忙道：“快看看，她身上有没有外伤，是哪里出的血！”

…………

刘璃瓦醒来后发现她的裤子被换好了，母亲坐在她的床边，她的班主任关切地看着她，而坐在一边的医生则低着头看病历。

刘璃瓦像大病了一场，一睁开眼看到母亲，想也没想就扑上去号啕大哭。

母亲搂着她，轻轻摸着她的头发说：“小瓦，从今天开始，你就是个大姑娘了。”

刘璃瓦低声啜泣着道：“妈妈，我流了好多血，我好害怕。”

“小瓦，这是生理期。妈妈和你说过的，你忘了吗？生理期要用‘小面包’垫着，这样才不会弄脏裤子。”

“可是妈妈，我流的是黑色的血，而且我的肚子很痛很痛，从来没这么痛过。”

“因为你是第一次来，盆腔充血太多了就会引起痉挛，以后生理期来了不能喝冰水、吃冰激凌，也不能吃太辣的，还有洗完头发要及时吹干，知不知道？”

“所以我没有生病吗？”刘璃瓦仰头泪眼汪汪地看着母亲。

母亲肯定地点头说：“你没有生病，你只是长大了。”

原来这就是长大，原来长大，好痛好痛。

刘璃瓦的事轰动了全校，不久后学校就开始在各个班开展了生理卫生教育，除此之外，还开展了生理卫生主题黑板报，甚至还有同学想要刘璃瓦分享一下自己的故事。

刘璃瓦羞得快想找个地洞钻进去了。

很多人都会来问她关于那一天的事，只有一个人不会，那就是陈驰星。

他好像完全不知道这回事似的，决计不和刘璃瓦提起这件事。

但是刘璃瓦知道，因为母亲和她说了，那天是陈驰星背她去医务室的，为了背她，陈驰星还沾了一手的血，尽管现在都已经洗干净了，但这是不可否认的事实——陈驰星沾到了她生理期流的血。

刘璃瓦现在已经不想做人了，她想变成一只鸵鸟，把头埋进沙子里，这样就不会再听到有人和她说“生理期生理期生理期”了。

变不成鸵鸟，一向开朗的刘璃瓦自尊心大受打击，变得低落消沉起来，也不爱和同学一起上下学了，她独来独往，总是最后一个到班级里，最后一个回家。

陈驰星有时候想逮她都逮不到，她像一只兔子一样，稍不留神就窜不见了。

直到今天，陈驰星假装先离开，等着刘璃瓦出来后他才跟上去，发现刘璃瓦是去心理咨询室了。

她在里面待了半个多小时。

这半个多小时陈驰星是在门外数着手表的时间过的，听到里面门锁转动的声音，他就走了。

往常这个时候班里的人已经都走光了，但今天陈驰星还坐在位置上，他若无其事地靠着后座，用一只手转动着篮球。

刘璃瓦回来看到他吓了一跳。在门口站了站后，她抿着嘴走过来，一声不吭地收拾起东西。

在她转身要走的时候，书包被拉住了。

一直没说话的陈驰星突然开口说："刘璃瓦，我和你说个秘密。"

刘璃瓦咬着下嘴唇不说话。

陈驰星平静道："我前段时间半夜起来洗了床单。"

半夜洗床单？什么意思？

刘璃瓦眨了眨眼睛，忽然，睁大了眼，瞳孔"地震"，连脖子带耳根子一块热起来。她结结巴巴道："你你你……你和我说这个干什么？"

陈驰星淡定地说："没什么，就是告诉你。"

刘璃瓦捂住耳朵说："我不想听！"

陈驰星伸手往两边揪了揪她的马尾辫，说："刘璃瓦，你小时候还偷看过我洗澡，我们两个现在扯平了。"

刘璃瓦目瞪口呆。

扯平？还能这样扯平？

而且——

"你说什么呢，我才没有看过你洗澡！"

陈驰星一本正经地翻旧账，说："小学二年级的时候我和你约法三章，不能看我洗澡，是你自己从房子里跑出来的，对不对？"

"那都是很久很久以前的事了，而且我根本什么都不记得了！"刘璃瓦气急败坏地说。

陈驰星把篮球收在掌心颠了颠，往后一仰，用夸张的语气说："不记得了？刘璃瓦，你是还想再看一次吗？"

岂有此理！

刘璃瓦直接一巴掌盖他的脸上，色厉内荏地道："陈驰星，你不要再说了！"

陈驰星被她遮住了半只眼睛，短暂一怔后，他用另外半只眼睛透过她的指缝看到了她恼羞成怒的神色，鲜活且生动。

他低声笑了起来，胸腔震动，扑簌的睫毛在刘璃瓦的手心里刺刺地扎着。

刘璃瓦看着他瘦削的下颚线，淡红的唇色和扬起的嘴角，心脏忽然跳得非常、非常快，连着手心一起发抖。

她好像害了一种比消沉更严重的病，后来才知道这种病应该叫——相思病。

不管你是在天涯海角还是就在眼前，我都非常、非常想你。

初二有两场特别重要的考试，是“生地会考”，这一年的时间学校都在主抓这生物和地理课。到了后来，体育、美术和音乐老师天天“生病”，生物和地理老师抢着上课。

经常两个老师走到教室门口，对视一眼，互不相让，同学们就起哄说：“干脆一边黑板上生物，一边黑板上地理好了。”

“生地会考”后不久，原本以为紧张的学习能放松一点了，却没想到中考体育的训练又被提上日程。

刘璃瓦不喜欢体育，因为她的体能实在说不上好。跳远永远跳不到 1.6 米，800 米永远垫底，跑 50 米她都能跑出 11 秒，不说离优秀，连离及格都还有那么那么远。

最开始班上的女生体能都差不多，随着半个月训练过后，大家都越来越厉害，跑800米努努力都能及格，只有刘璃瓦依然顽强地垫底。

男女生是分开训练的，男生在操场，女生在篮球场，中间休息的时候很多女生会跑去操场看男生训练，也会有男生跑来看女生训练，不过很多男生是对女生占了篮球场而愤愤不平。

刘璃瓦的体育成绩让老师很看不过眼，每次休息的时候都要单独拉着她训练，接着就变成大家一起看她训练了。

头顶的烈日灼烧着，篮球场发出刺鼻的胶臭味，皮肤像生了火，火辣辣作痛，刘璃瓦每天都在想快放暑假吧。

“刘璃瓦，你这个起跑姿势不对，哪有你这样起跑的，手臂摆起来，步子迈开，不要埋着头往前冲，你又不是鸵鸟……”

体育老师的话让旁边的人都哄笑起来，有男生学着体育老师的话，拖长了调子，阴阳怪气道：“刘璃瓦，你是鸵鸟吗？哈哈哈……”

不在沉默中爆发，就在沉默中灭亡，自尊被多次猛烈撞击后，刘璃瓦已经在沉默中死亡了。

她觉得自己已经无坚不摧了，最丢脸的事都在她身上发生过了，还能有什么更丢脸的事呢？

她连看都不会看过去一眼。

刘璃瓦轻轻呼出一口气，抬起头继续跑。忽然，篮球场边发出猛烈的“砰”声。

四周哗然起来，体育老师大喊着“干什么呢”跑了过去，刘璃瓦停下脚步，也朝着篮球场边远远看去，看见一个男生被推倒在篮球场边的网上，很快那个男生爬起来，和另一个男生互相推搡起来。

体育老师赶过去制止了这一场闹剧，把两个男生拎到了一边。

刘璃瓦心说：男生体力可真好啊，跑完 1000 米还有力气打架。

她又跑完了一圈，上气不接下气，体育老师终于大发慈悲地让她去休息了。

有女生跑过来扶她，对她说："小瓦，陈驰星刚刚打架被老师罚跑了！"

刘璃瓦有点晕，说："刚刚打架的是他？他和谁打架了？"

"就是那个笑了你的男生，你快去操场看看吧！"

她飞奔到操场，看到操场上果然有两道身影在跑着，好像较劲一样，你撞一下我，我撞一下你。

刘璃瓦先是焦急，后又啼笑皆非。

"陈驰星！"她喊。

陈驰星抬头往上看，看见站在栏杆上的刘璃瓦，他冲刘璃瓦招了招手。

刘璃瓦的腿还有点发颤，扶着栏杆一步一步往下走去。她走到下面，陈驰星也正好跑完两圈。

"你的腿怎么了？"陈驰星问她。

刘璃瓦眉目微敛，说："小腿疼。"

陈驰星朝她伸出手，说：“手给我。”

“干吗呀？”

陈驰星的双手掐住她的腋下——这个动作用抱不妥当，准确地说，是把她从楼梯阶上提了下去。

刘璃瓦想咬他。

“走，陪我去冲个脸。”陈驰星擦了把汗。

看着刘璃瓦慢吞吞地挪动脚步，陈驰星直接把她拉走了。

器械室旁边有水龙头，陈驰星用冷水冲了把脸。他的眼尾有一道小小的口子，不知道是被什么划了一下，被冷水一刺冒出了小血滴。

刘璃瓦踮起脚，软软地指腹摁在他有些硬的颧骨上擦了擦，男孩一怔，女孩拿开手指给他看，说：“你看，流血了。”

陈驰星屈起指节擦了一下。

刘璃瓦问他：“你干吗打架？”

陈驰星懒懒道：“看他不爽打就打咯。”

风轻轻吹着，空气安静了一瞬。刘璃瓦侧着头，背着手说：“你不说，我也知道。”

“不生气了？”陈驰星看她。

刘璃瓦摇头说：“我没有生气，他们说什么我都不会放在心上的。”

一滴溅起的水珠在女孩软软的发顶着陆，形成一道金灿灿的光芒，她抬头道：“你不要那样说就好了。”

陈驰星看着刘璃瓦闪闪发光的眼睛，俯身向她靠近。在刘璃瓦眼睛逐渐睁大时，他抬起湿漉漉的手，将满手的水珠都弹在了刘璃瓦的脸上，随着刘璃瓦一声惊叫，陈驰星高声笑着，大步跑开了。

男生们集合了，刘璃瓦拖着残腿一拐一拐地走回去。走出操场时，她看到路边倒了的垃圾桶，便蹲下身将垃圾桶扶起来，将掉落的垃圾都慢慢地捡进去。

女生们也集合了，路上只有刘璃瓦了。

她仰头看着水彩画一般的天幕。

迟到了可能会被老师批评两句吧，但那又怎么样呢？今天黄昏这么美，她想就站在这里，再也不要走了。

fenbieshi

第四章 · 分别时

他们的人生像短暂交集而又错开的“X”。

（一）

社区的工作时间很固定，八点半上班，十二点午休到一点半，下午一点半到五点半下班，有双休日，没有特殊情况也不会加班。

社区给他们两个实习生各自安排了住处，就在社区里，房子比较老了，不过每个月只要两百块钱房租，一室一厅，带厨卫。

回到住处，刘璃瓦先洗了个澡，之后提着水壶给买的几个小盆栽浇点水，给鱼缸里的鱼放点饲料，接着打开电视机，在相声演员说学逗唱的背景声里刘璃瓦打开冰箱，拿出一盒鲜冻猪肉和芹菜，洗菜、切菜、开锅。

刘璃瓦另外又用一个小电磁炉，煮了一小锅紫菜汤挂面。

正吃着，电话响了，屏幕上显示“陈劣”。

陈劣是比刘璃瓦高两届的学长，人如其名，非常不正经，大学绩点不怎么好，实践活动加分却能加满，毕业后在家族企业当了个二把手，一有时间就喜欢约人出去吃饭。

刘璃瓦和他是在大学生志愿者社团认识的，当时大家自愿申请去高原支教，陈劣有点儿文艺情节，想着的是布达拉宫、纳木错，转山转水，结果山水都没转成，高反严重，上吐下泻，还没上去就半途插氧被拉回去了。刘璃瓦和他是一个小组，被他吓着了，一路上寸步不离地守着他，高原最后也没去成，志愿者活动也放弃了。

陈劣下来后就差没抱着刘璃瓦叫她“妈”了。如果不是刘璃瓦最先发现了他嘴唇发紫，强硬地要他吸氧，还让司机掉头往回开，陈劣估计这回真就交待在高原上了。

陈劣回平原后缓了很久才缓过来，晚上裹着棉袄在酒店吸氧，拍着轮椅和刘璃瓦他们说这辈子大家就是过命的交情了。

他这个人重承诺，毕业一年多了，依然和他们志愿者的一群人有联系。

刘璃瓦接通了电话，她小口小口吃着面，没说话。

那边陈劣也没说话，听她“窸窸窣窣”嘬了一会儿面才笑道：“瓦妹，在吃什么呢？”

“吃面。”刘璃瓦说。

陈劣吊儿郎当地说：“吃什么面啊，别吃了，带你出来吃饭。”

“我明天还要上班。”刘璃瓦婉拒他。

“我车都开到安镇了，吃完饭就送你回来。”陈劣直接先斩后奏。

刘璃瓦只好道：“去哪儿吃饭呀？”

“去长市，八点的饭局，穿好看点，化个淡妆，微信发个定位给我，就来接你。”陈劣没给她再找借口的机会，说完就掐了电话。

刘璃瓦把定位发给陈劣，低低地叹了口气。

她拍拍自己的脸，自言自语道：“刘璃瓦，振作一点。”

今年已经大四了，明年就要毕业了，他们这个专业好就业，但就好业难，陈劣想帮她一把，让她毕业后能混口好饭吃。

都说职场上的感情是在饭局上吃出来的，这话多少有那么几分道理。

刘璃瓦不是几岁小孩了，知道这是别人想求都没有的资源，一场饭局下来总能留几个联系方式，以后说不定就有求人的地方，更何况和别人去还不如跟陈劣去，至少不会受委屈。

陈劣看着不正经，但比很多假正经的人正经多了。

刘璃瓦穿了一件西装领的黑色连衣裙，扎了个简单的蓬松单马尾，穿上黑色小高跟，挎上白色小包，简单又稳重地出了门。

陈劣到的时候天已经快黑了，天际朦朦胧胧泛起了紫，他痞里痞气地靠着车门等着刘璃瓦过去。

如果人装相会判刑，陈劣应该是无期徒刑了。从黑黢黢的楼道里走出来的刘璃瓦想。

陈劣拉下墨镜，朝刘璃瓦吹了声口哨。

他今天穿着工装裤和牛仔外套，开了一辆悍马来的，可以说是相当随性又霸道。

“美女，上车吧。”陈劣给她拉开副驾驶的门。

“谢谢。”

刘璃瓦掩着裙子，很秀气地跨上车。

“我开空调了，你拿毯子盖盖腿。”陈劣从后座拿了一个纸袋子给刘璃瓦，纸袋上印着醒目的高奢品牌标识。

一条毯子可能比刘璃瓦今天身上衣服加起来的价格都高，刘璃瓦并没有因此自卑，她温温和和地道谢，然后从袋子里拿出毯子，一支口红随着毯子滚落出来。

“你的吗？”她将口红放在方向盘旁边。

陈劣跨进车里，拿起口红随手往装饰盒里一塞，道：“前女友的。”

“这么快就变成前女友了？”刘璃瓦惊讶了一下，疑惑地问，“你们不是上个月才在一起吗？”

“小妹妹，成年人的世界，一个月可以发生很多事了。”陈劣系上安全带，对刘璃瓦道，“把安全带系上。”

“哦。”刘璃瓦费力扯起安全带压进安全扣里。

陈劣瞥了她一眼，说：“你以后可别随便和男人出去，你这一点力气不够坏人一根手指头捏的。”

“哦，那我下车了。”刘璃瓦作势要解安全带。

陈劣锁上车门，痞痞地笑道：“现在没机会了，跟哥哥走吧，小美女。”

“神经病。”刘璃瓦笑了。

和陈劣待在一个空间是很舒服的，因为他就是个懒懒散散的人，你也不用在他面前假装正经，和他开玩笑也好，互怼也好，他分寸拿捏得很好，嘴上再没个正经，行为举止也从不过线。

从安镇到长市有一个多小时的高速路，到达的时候正好踩着迟到的点。

其他人都到了，陈劣是最后一个来的，后面还跟着一个刘璃瓦。

陈劣一进来，其他人就吆喝：“陈总，今天不像你的风格啊，一来就迟到了啊！”

陈劣笑道：“这不是接我妹去了嘛。给大家介绍一下，刘璃瓦，我亲妹。”

“你姓陈你妹还能姓刘啊？别逗了陈总，是情妹妹吧！”

陈劣笑骂了一句“去你的”，说：“我跟着我爸姓，她跟着她爸姓呗，你们是心脏看什么都脏。”

陈劣一句话就给自个爸戴上了顶绿油油的帽子，也不知道多大仇。其他人也不知道是真信了还是假信了，总之，都纷纷摆出恍然大悟的样。

“哟，那得是真妹妹，陈总你也不提前和大伙打个招呼，不好意思啊妹妹，我们这群人都太熟了，平时就爱嘴上逗个乐，你别往心里去，来，这边坐。”那个人拉开旁边的椅子。

陈劣说：“我妹当然坐我旁边，还能坐你旁边去？”

陈劣指着那些人道："这是张永志，张总，做医疗器械的，不是个正经人，甭搭理他。这是徐律，胜得事务所的合作人。这是何处，规划局的……"

陈劣先带着刘璃瓦认了一圈人。刘璃瓦一一打过招呼，收了一圈的名片，也有没带名片的，拿出手机让刘璃瓦扫了个二维码加个好友，看起来各个都随和得不行。

刘璃瓦坐下后有人问她喝不喝酒。刘璃瓦摇了摇头，陈劣在一边替她说："我妹妹还小，喝什么酒，服务员给她拿两瓶旺仔牛奶来。"

"陈劣你这个人真的多少有点病。"

其他人都笑起来了。

"妹妹可以不喝酒，但你不喝说不过去吧，陈总。"张总拿着酒杯倒了一杯放在陈劣的手边。

陈劣推开酒杯道："我开了车来的，待会儿还得送我妹妹回去，今天我赔礼，给大家再包个晚场，到时候自罚三杯。"

徐律笑道："喝酒不劝酒，陈总不喝就算了，晚点大家好好宰宰他。"

场面热络起来，大家都开始聊起近期的事。

刘璃瓦话不多，只在别人提到她的时候说几句话，其他时间都在默默地听着他们聊。

在场的也不止她一个女性，还有另外两个女老板，气场非常强大，喝起酒来也一点都不输男人。刘璃瓦是里面最稚嫩的，听到她说还在读大四后，其他人立刻都露出了善意的、看小孩一样的笑容。

有人就着这话题回忆起当年来了，说自己上大学的时候怎么样怎么样。有人说他是专科出身，后来又自考了本科一直读到了博士毕业，现在已经是律所合伙人了。有人说自己在大学的时候就没上过什么课，大二开始创业，现在公司已经上市了。有人说她本来是在纺织厂做女工，很多年前下岗了，自己拿着厂里补贴的布料做了衣服，现在品牌已经有了跨国公司了……

纺织厂。

这让刘璃瓦想起了安镇纺织厂。

老纺织厂在刘璃瓦读高中的时候因为市政规划而搬迁出去了，遗址也没过多久就被挖平，建起了楼房。

那段时间安镇像在经历一场巨大的变革，每个地方都在拆旧的建新的，马路总是在修，道路两旁的树总是在换，巷道被打通了，柏油马路一条街通到底，那老的、属于安镇独有的痕迹，不知道要到哪里才找得到了。

一场饭宴吃到了将近十点才散场，陈劣恪守承诺，怎么把刘璃瓦接来的就要怎么把刘璃瓦送回去。

刘璃瓦想了想，还是和陈劣说："要不你别送了吧，太晚了，你还要一个人开回来，也不安全，我打个车回去也是一样的。"

“一个半小时而已，远什么，你坐别人的车就安全了吗？到时候司机把你载去卖了，看你上哪儿哭去，上车。”陈劣不容置疑地把刘璃瓦赶上了车。

陈劣困不困她不知道，但以往都是十点钟左右休息的刘璃瓦是真的有点眼皮子打架了，但她又知道在高速上不能只让司机一个人开车，不然开着开着就容易犯困。

她费力地找着话题和陈劣聊天。到后面陈劣都听出她是困得不行说话开始颠三倒四了，和她说：“你眯会儿，到安镇了我叫你。”

刘璃瓦努力让自己清醒，睁大眼睛看车里的镜子。镜子上的光线黑得很模糊，只有隐隐约约的一点儿，照着陈劣的上扬唇和凛冽的下颚线，但他长了一双风流的多情眼，如果遮住眼睛，只看下半张脸的轮廓，是有一点儿像的……

像谁？

刘璃瓦想不太起来了。

她的睫毛一点儿一点儿地耷拉了下去。

（二）

“刘璃瓦，上课了，别做梦了。”

桌子被猛地叩响，刘璃瓦被吓得差点弹起来，她条件反射地正襟危坐地坐直身子，发现老师已经站在她面前了。

老师无奈地问她："昨天晚上干什么去了？今天困成这样，叫都叫不醒。"

刘璃瓦的脑子里还在"嗡嗡"地响，一半是被吓的，一半是还没醒，嘴唇动了动没说出话。

陈驰星替她解围道："她昨天晚上学习到一点多才睡。"

老师不赞同地摇摇头，不过好歹没计较刘璃瓦上课睡觉的事了，只说："中考是持久战，要合理规划复习时间，不要太晚睡觉，会影响你们第二天的学习效率的，知不知道？"

刘璃瓦乖乖点点头。

等老师走回讲台了，刘璃瓦才又后知后觉地看向陈驰星，带着懵懂的鼻音，软软地问他："你怎么知道我昨天是一点多睡的呀？

陈驰星用笔在她的额头上敲了一下："你的房间窗户就在我的窗户底下，你熄没熄灯难道我看不到？"

刘璃瓦捂住额头转过身，过了一会儿，她又想到什么，说："那你还说我，你一点多也没睡呀！"

"你傻。"陈驰星说。

刘璃瓦气得攥住了拳头。

讲台上的老师忍无可忍道："陈驰星、刘璃瓦，你们两个再聊天就去走廊上聊啊！"

刘璃瓦立刻闭嘴。陈驰星没心没肺地闷笑了两声，翻开了书。

女子报仇，十秒不晚。刘璃瓦松开拳头，手伸到陈驰星的腰边，然后悄无声息地靠近，用力一掐，一击即中，这回轮到陈驰星差点弹起来了。

“陈驰星！”老师愤怒道，“你给我站着上课！”

刘璃瓦的嘴角弯起来，强忍住笑意，摆出一脸无辜的样子侧过头看陈驰星，还小声地“啧啧啧”三声。

陈驰星捂住腰，有口难言，他龇龇牙，无声地说：“你狠。”

下了课，刘璃瓦高高兴兴地和问问题的朋友到一边去解题去了，留陈驰星一个人坐在位置上。

他的草稿纸上常年是一些别人看不懂的算数公式，别人的桌上都是语、数、英笔记本，他的桌上却是摆满了竞赛书。

大家自知和他不是一个水平，也就不经常去问他问题了。

刘璃瓦的数学成绩不算好，但帮助基础比她差的同学还是可以的。她的脾气很好，说话也轻言细语的，别的同学经常闹这个闹那个矛盾，她对谁都是笑脸相迎，让人生不出气。

她给别人讲题的时候陈驰星就转着笔看她，要是她有说错的地方，他就会不咸不淡地出声提醒。

秀气斯文的小姑娘偶尔转头看他，对上他的目光，抿抿唇低下头，或许是那时的夏日太过炎热，她的耳尖总是红红的。

夏天的时候，小院里还经常停电，没有空调和电扇，院子里的人就都到银杏树下来乘凉了。

树上的蝉鸣尖锐地叫着，刘璃瓦和陈驰星就搬着高椅子和小凳子，坐在院子里写作业，这一写，就从两个小豆丁，变成了两个小大人。

“你给我看一下，是不是有虫子飞到我的衣服里面去了？”陈驰星惊惧地问。

刘璃瓦便放下笔，拉开他脖颈后的领子，低着头去看，少年的肩背宽阔，干净得像山坡上的流沙。

“什么也没有！是你的头发掉了吧！”刘璃瓦道。

陈驰星不信，站起来抓着衣摆狂抖，修长匀称的腿一阵狂蹦，刘璃瓦笑得乐不可支。

那时候的天空总是橙黄色的，一天的时间总是很漫长，过也过不完，一天有多少秒钟？可能比夜幕将至时的星星还多。

后来中考，刘璃瓦的体育和数学都考得不是很理想，因为考前焦虑，临上考场还生病了，鼻子一会儿通，一会儿堵，中考考完的第二天她就发起了高烧，断断续续烧了两三天才退。

刘璃瓦对那个暑假的记忆是模糊的，只记得她没能考上最好的一中，只是去了在本地还算好的二中。陈驰星理所当然地考上了一中，哪怕他中考没考好，只凭竞赛成绩都可以进入一中，更别说他中考成绩在整个县都是第一名。

刘璃瓦很小的时候就意识到这种差距的存在，但她不知道它会什么时候到，又会以什么形式出现。

院里的大人们爱打趣她，说：“以后你们两个可就要分开了。”

刘璃瓦摇摇头，低低地说：“我就上二中。”

“一步晚，步步晚，今天只是高中，明天可就是天南地北咯！”

那时候没想到这句话会一语成谶。

刘璃瓦被他们夸张的说辞震慑到了，晚上蜷缩在被子里，蒙着头，想着想着，闷闷地哭了起来。

陈驰星也并不好受。他跨坐在窗户边，往下看刘璃瓦家的院子。他知道她就在那儿睡觉，他多想能有像夸父那样的力量，能轻而易举地拔起整栋房子，看看她睡觉时的模样。

可是他不能，他只能坐在窗台上，看着从她窗口落出来的粉色纱帘。那小小的一角，坠着彩色的小绒球。

夜已深了，她应该入梦了。

她今晚会梦到谁？谁又会走进她的梦里？

临近开学，陈驰星的母亲给他换上了厚厚的、能遮光的藏蓝色窗帘，窗帘一拉上，屋内、屋外就像两个世界。

起初，他们还是在一个院子里，早上会问个好，一起走一段路，然后在路口分开。刘璃瓦总是看着陈驰星先走了很远，才慢吞吞地背着书包往另一个方向走。

后来陈驰星总是很晚出门，刘璃瓦等呀等，等不到，到了七点半了，她推开门，往外走了。

陈驰星这个时候才出门，远远地走在她后面。

看她走过阴翳的小道，看她坐上公交车，看她离开他的视线。

刘璃瓦逐渐习惯了一个人上下学。二中没有陈驰星这样逆天的存在了，她偶尔还能拿一个班级第一。一中则像斗兽场，中考高分的、竞赛拿奖的，大家聚在一块，你不服我、我不服你。

渐渐地，一中和二中的差距越拉越开。

高一下学期的时候，陈驰星的父亲从西南回来了，他这次回来就不走了。后来陈驰星要搬家了，也不远，陈驰星的母亲说是单位的房子分下来了，要搬去单位住了。

小货车来把家具都运走，小院里吵吵闹闹了好一阵。

刘璃瓦站在院门口，像一幅被相框框住的画，她抓着门框，想哭却哭不出来。

陈驰星抱着一箱书朝她走过来。

刘璃瓦看着他，看他凸起的喉咙，看他轻抿的唇，看他皱起的眉。

“你要搬走啦？”她试图用一种轻快的语气来说这件事。

他抿着的唇分开，只说：“是。”

刘璃瓦突然开始恨起他的不善言辞起来，他这样的没心没肺，说搬走就搬走……

那以后，是不是再也没有以后了？

这样的想法让刘璃瓦害怕起来，热热的湿气飞快覆盖了她的眼睛，酸楚的泪意在她的眼眶和鼻腔打转。

“小瓦，我以后还会回来住的。”陈驰星这样肯定地和刘璃瓦说。

刘璃瓦的心思多么敏感，短暂的分离都像坍塌一片的天，她不信以后的，她看过很多电视剧，搬走的人再也不会回来。

他们都会成为记忆里的人，在现实里再没有联系。

她不想在他面前哭，便拼命忍住了眼泪，去看他手里的书，她伸手指着那本白色外壳的书问：“这是什么书？”

“这一本吗？是《城南旧事》。”陈驰星撑住箱子，拿出放在里面的书。

“你想看吗？”陈驰星递给她。

她小声说：“好，等我看完了，我就还给你。”

陈驰星走了，坐着黑色的小轿车走了。

他从窗口探出脖子，伸长了手臂向刘璃瓦挥手，像被关在笼子里想挣扎出来的鹤。

刘璃瓦却是养在院子里的斑鸠，小小的一只站在门口，影子落在了门槛里。

陈驰星的书落在刘璃瓦那儿，这一落，便再也没有还过了。

刘璃瓦高考考得不算好，去了隔壁省一所重点大学的社区服务专业。

这是陈驰星后来听说的事。

事实上，刘璃瓦觉得自己考得很好了，以平时成绩来说，她保守能冲一冲本地的大学，没想到高考能超了第一志愿 2 分，虽然被调剂去了比较冷门的社工专业，但她其实是喜欢这个专业的。

她所学到的知识能帮助到需要帮助的人，多好的一件事啊！

陈驰星的故事也传到刘璃瓦的耳里过，听说他本可以保送名校，因为专业不喜欢放弃了保送。他的高考成绩在全省是一百多名，数学是全省第一，150 分，总分加上竞赛加分，去了他喜欢的专业，现在在首都上大学。

听起来像是完全陌生的一个故事了。

他们的人生像短暂交集而又错开的“X”。

未来会怎么样？刘璃瓦在踏上去往另一个陌生城市的火车上时，她想到了奶奶和她说过的话，明明是在她那么小的时候，那么平常的一天的话，却历久弥新。

奶奶说：“有一天陈驰星会离开小院，去别的地方上学，而你也一样会离开这里，去其他的地方，那个时候你们才会很远很远。”

现在这一天来了，他们也的确，很远很远了。

（三）

刘璃瓦仿佛踩空了楼梯，猛地坠落，她的腿弹了一下，骤然惊醒。

眼前的光是昏黄的，盖在腿上的毯子被拉到了她的肩膀上，她开始没反应过来自己这是在哪儿，往旁边一看，发现陈劣站在车外，指尖火光明灭，正靠着车门抽烟。

淡淡的烟草味从开了一条缝的车窗飘进来，刘璃瓦掩着鼻子轻轻咳了两声。陈劣听到声音，回头来看她，见她睡眼惺忪，笑道："醒了？再不醒天可就亮了。"

"不好意思，几点了？"刘璃瓦刚刚睡醒，声音还有些沙哑。

陈劣抬手看了下表："十二点半。"

"啊，到了很久了吧？怎么不叫醒我？"刘璃瓦不好意思道。

"看你睡得那么香，出于绅士风度也不能打搅你。"陈劣满不正经地开着玩笑。

"我都不好意思了。"刘璃瓦低头解开安全带，问他，"那你现在赶回去还来得及吗？"

"不碍事。"陈劣一只手搭在车门上，朝刘璃瓦抬抬下巴道，"回家睡去吧。"

刘璃瓦下了车，叮嘱他："你路上要注意安全。"

陈劣上了车，看到那块毯子叠得整整齐齐地放在副驾驶座位上，他拿起来顺手从车窗里递给刘璃瓦道："拿回去用吧，放我这儿等下就扔了。"

刘璃瓦把包带绕过脖子，斜挎在肩上，接过毯子挂到手肘上，无

心情 # 与你 # 在一起　年少揭欢，岁岁甜甜

奈地说："我又不是你的垃圾回收站，怎么你前女友扔什么你就往我这儿扔什么。"

"过来。"陈劣朝她招招手。

刘璃瓦俯下身以为他要说什么事，正色看着他，结果他拇指和中指扣在一起，突然往她的鼻尖上弹了一下，刘璃瓦都听到自己的鼻子发出"咚"的一声闷响了。

她捂住鼻子震惊地瞪大了眼睛，说："喂，你！"

陈劣笑着道："走了，晚上外面冷，快回去吧。"

他一摆手，开车走人。

刘璃瓦对他这种把快乐建立在别人痛苦上的行径实在是无语。

楼梯间的灯年久失修，在今天晚上彻底罢工，刘璃瓦跺脚没把灯跺亮，只好打开手机手电筒摸索着上楼。

已经快一点了，明天八点还要上班，刘璃瓦本来想囫囵再睡一下，这么一通下来上了床反而又睡不着了。

她发了一条消息给陈劣，让他到长市后回复她，接着刷起了朋友圈。

朋友圈里大多是亲戚和一些同学，有晒娃晒日常的，有抱怨实习工作的，还有发小广告的，刘璃瓦滑下去一个一个地都点了赞。

一条消息蹦出来，有人问她："到家了？"

第一条消息在晚上八点四十分——

“我通过了你的朋友验证请求，现在我们可以开始聊天了。”

刘璃瓦想不起来对方是今天晚上哪一个了，她点进对方朋友圈，看到对方发的都是一些建筑图，最近一条朋友圈又说“跟完这个项目就休年假”。

刘璃瓦想了想，觉得他应该是规划局的那一个处长。

“刚刚到家。”刘璃瓦回复对方。

对方道：“住这么远啊？怪不得陈总一直没回来。”

刘璃瓦说：“他已经在回去的路上了，你们还在等他吗？”

“没有，我们十二点就散了。哈哈，替我们谢谢陈总今晚买单。”

刘璃瓦不知道回什么好，便回复了一个笑脸。

她其实是有些事想问的，但她不知道问出来唐突不唐突。她想到王主任说过规划局会下来人调研，又想到昨天和她对接的人提起的那个熟悉又陌生的名字——陈驰星。

她想问，在聊天框里打下了“请问您知不知道”，话打到一半，她又删了。

有什么好迫不及待的，反正他们都不是以前的他们了。

现在见面大概也只会不远不近地打个招呼，公事公办地处理完事情，各自回到各自的轨道。

他是遥不可及的星星，而她只是一块微不足道的小瓦片，拼命追也追不上。

小瓦片仰望过星星，后来星星走远了，小瓦片以为自己会伤心欲绝，可日子照样一天天过去，也不再会难过了。

刘璃瓦每天早上都会早起，12 栋一楼有个孤寡老人和一条土狗，养狗条例出来之前，狗都是散养的，后来狗不能散养了，老人年纪大了又遛不动狗了，这件事就交给了街道帮忙。

左右也就是遛个狗，也不算麻烦，但麻烦的是这条狗和一般的狗不一样，这条狗散养也散养出作息规律来了，每天早上六点多就开始闹着要往外跑，到了下午大伙都有时间了，它反而趴着不挪窝了。

老人说这条狗聪明，只在她没起来之前跑出去撒野，她起来了，狗就回来守着她了。

刘璃瓦来了之后，遛狗的活她就接过来了。她以前就定计划要晨跑，结果计划定了快四年了还没跑过一次，现在因为每天早上遛狗，总算能跑两圈了。

老人的腿脚不便，也不方便开门，就拿了备用钥匙给刘璃瓦，每天早上刘璃瓦都会多带一份早餐放在客厅，然后再把狗牵出去遛。

怕打扰老人睡眠，刘璃瓦轻手轻脚地走进去，狗一见到刘璃瓦就兴奋地往笼子上扑。

“福宝，走，出去玩去。”刘璃瓦拿着狗绳把狗从笼子里放出来。福宝也听话，乖乖等着刘璃瓦帮它把绳子套上。

“福宝，奶奶还在睡觉，我们小声一点走出去。”刘璃瓦揉了揉狗的脸。福宝甩甩毛，摇着尾巴跟着刘璃瓦出去了。

社区的绿化做得很好，一条条宽敞的马路旁是列道而立的香樟树，清晨的阳光初醒，枝叶上还挂着露珠，空气格外清新。

福宝出了门就开始撒欢，撒开腿直往前跑，刘璃瓦跑 800 米时都没跑过这么快，叫了好几次“福宝慢一点”，福宝才打着转慢下来。

社区有一片小花园，种了些花花草草，这边会有做园林工作的人专门管理，不过最近小花园里来了一批“新客”，是一群流浪猫。

最开始只有一只，居民反映晚上听到有婴儿的哭声，把居委会吓得够呛，连夜地毯式搜索，发现是在花坛最里面有一只流浪猫在发春地叫唤。

这都已经快秋天了，大伙一合计，就把猫带去绝育了。从此那只猫就讹上了社区，不仅在社区待着不挪窝，还带来了越来越多的猫。

社区居民也从一开始的不乐意，到渐渐习惯，还有人自发做了猫窝，在屋檐下投放猫粮。

刘璃瓦要是早上起得早，就会去小花园里给倒一些猫粮，再过一会儿，老人们晨起锻炼来了就会提着水壶来给水碗里加水。

这些流浪猫都不亲人，独来独往的，看到人来了要么跑远，要么跳到高高的地方去，刘璃瓦也没有非要逮着猫咪摸两把，她倒完猫粮就牵着福宝走了。

福宝对猫很感兴趣，一路都在回头看。

有些早起的，在路边打太极、下棋或者逗鸟的老人，看到牵着狗的刘璃瓦就会打个招呼。

“早，小刘，遛狗呢？”

“对，孙奶奶家的福宝。”

“唷，福宝都长这么大了呢？去年的时候可才这么一点点呢。”

刘璃瓦和老人们寒暄了几句，就牵着狗回去了。

孙奶奶养狗不和年轻人一样，什么狗粮营养膏都没有，就是剩饭剩菜。刘璃瓦从厨房倒了一些剩的排骨什么的，福宝一样吃得香。

富人有富人的养法，穷人有穷人的养法。对孙奶奶来说，福宝只是来看家护院的，你和她科普狗营养均衡，还有什么健康饮食，那不是站着说话不腰痛吗？孙奶奶自己都靠着每个月的低保和社区补贴过日子呢。

人有人的活法，狗也有狗的活法。

刘璃瓦学过很多知识，知道很多道理，但在实践工作中她越来越发现，懂得很多专业知识未必能做好这份工作，关键还是得从人民中来，到人民中去。

七点半，她到部门报到。都说实习生是块砖，哪里需要往哪里搬，刘璃瓦和赵珂的情况差不多就是这样。早上，负责社区老龄工作的人要去给八十五岁以上的老人送牛奶，少了人手，刘璃瓦和赵珂就跟着去送牛奶；下午，负责卫生工作的人要去收捡社区角落里放的老鼠笼苍蝇笼，刘璃瓦和赵珂就跟着去收笼子，回来了再把手头的对接任务做好，晚上就跟着去跑民意调查的事情。

周末休假，刘璃瓦准备去一趟市里的宜家买些东西回来添置添置，正好赵珂也想买新床具，不知道怎么挑，就和刘璃瓦约好了一块去市里。

周末的宜家人山人海，赵珂推着推车在人群中更是寸步难行，两人因此逛得格外缓慢。

到了二楼的沙发区，刘璃瓦拿了两三个抱枕，赵珂笑她："我发现你真的很喜欢抱枕，上次看你的沙发上都摆了四五个了。"

刘璃瓦拿着抱枕难以取舍，纠结地说："这些抱枕既好看又便宜，我哪个都想买。"

赵珂笑着说："没关系，你都买吧，我帮你提，大不了再租个车回去。"

看到香薰，刘璃瓦想买，看到花瓶，刘璃瓦也想买。到后来，赵珂都摸准刘璃瓦的爱好了，看到一些精巧的小东西就问刘璃瓦："这个你要不要看看？"

刘璃瓦看看被自己塞满了三分之二的推车，有点不好意思地说："算了算了，我先陪你去看床具吧。"

“衣柜的颜色可以深点的，但不要太深，这种黑褐色的颜色就太深了。我儿子现在就一个人住，也用不着太大的，这个绿色的大小还可以，就是颜色太嫩了，和装修不搭。儿子，你自己看看，你的房间里要个什么样的衣柜？”

导购道：“阿姨，您儿子现在是一个人住，以后结婚了家里不得再有个女主人吗？衣柜小了可就不好了，不如直接买个大一点的，不用的床具放里面也方便收纳。”

“也是。驰星，你怎么想啊？”

“我喜欢这套绿色，不过肯定不是你喜欢的类型，我们再去看看别的吧。”刘璃瓦说。

赵珂伸手摸了摸那套绿色的被单，想了想道：“我觉得这套也可以，我试试。”

他往上一躺，刘璃瓦“扑哧”笑了一声，问他：“感觉怎么样？”

“还不错。”赵珂坐起来说，“我觉得这个枕头挺软的。”

“那你拿一个枕头吧。”刘璃瓦说。

赵珂找了一下枕芯的标签记下来，刘璃瓦陪他去销售柜台打印订单，好走的时候去仓库提货。

“驰星，你看……哎，那是不是刘璃瓦？好多年没见了吧？长得真是一点都没变哦。”

听到“刘璃瓦”三个字时，陈驰星一时没有反应过来，他慢了一拍，顺着母亲的手指看过去。

母亲拍拍他说：“驰星，咱们过去打个招呼吧。”

他的腿像在地上扎了根，细细密密的根须困住了他，让他挪不动步。顿了一会儿，他低低地开口道：“妈，我有点饿了，我们去楼下吃东西吧。”

陈驰星的母亲的注意力一下被转移了，嗔怪道：“还没到中午呢，怎么就饿了。得得，吃东西去吧。”

赵珂见刘璃瓦突然停下了脚步，侧头问她：“小瓦，怎么了？”

适才听到的声音仿佛只是错觉，刘璃瓦怅然地环顾四周。

周遭人来人往，皆是陌生。

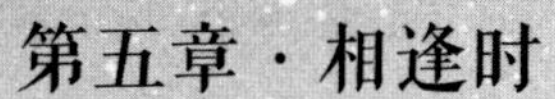

第五章 · 相逢时

她以为再见面，

她能坦然地说出那一句“好久不见”。

（一）

刘璃瓦买了太多东西，最后真的只能和赵珂租个车回去了。

路上，赵珂想和她聊天，问她：“小瓦，你家也是安镇的吧？”

“对，是在安镇塘院那边。你也是安镇的吗？”刘璃瓦问。

赵珂摇头，说：“我不是，我家是县城那边的，我是学校分配到安镇来实习的。”

“你们学校实习还有分配呢？可真好，我们都是自己找实习工作，开实习证明。因为安镇是我老家，我就回这边来了。”

赵珂说：“原来如此，我之前还想过你在隔壁省上大学，怎么来安镇实习了。”

刘璃瓦笑了一下。

其实她回安镇还有一个原因，但那个原因到底是什么，刘璃瓦也还说不出答案。

刘璃瓦将车窗放下来一点，靠着车窗吹风。风吹得她的刘海四散凌乱，她闭起了眼睛。

见她休息了，赵珂拿出手机发消息。过了一会儿，他关上手机，有些紧张地抠了抠手机壳，不太自然地咳了两声，问刘璃瓦："我昨天好像看到你和你的朋友出去了，那个人是你的男朋友吗？"

"不是，是一个学长。"刘璃瓦睁开眼睛轻轻地说，"对不起啊，我有点累了，想先睡一会儿。"

"啊，好，你睡吧。"

刘璃瓦戴上耳机，靠着窗闭上了眼睛。

赵珂的意思很明显了，刘璃瓦没法揣着明白装糊涂。

她有时候会有点疑惑，人们到底是怎么判断喜欢的，是生理欲望，还是觉得两个人恰好合适？

刘璃瓦的男性朋友不算多，陈劣是一个，现在作为同事的赵珂是一个。

陈劣有很多女朋友，换得也很快。

那赵珂呢？赵珂如果喜欢她，是因为什么？因为工作相同，家境相似？刘璃瓦从不觉得自己独一无二，相反，每个女孩都是相似的，如果赵珂以后碰到觉得更合适的女孩，还会向她示好吗？

刘璃瓦总是想很多，在感情上，她没有过经历，却懂得很多道理。她偶尔会觉得有点孤独，但并不打算为了排遣孤独而开始一段感情。

她在等，在等一份不将就的感情。

刘璃瓦无法回应赵珂的感情，只好在这份情意暂且不深的时候，有意识地避开他。

她还是会和他一块上班，一块工作，但尽量不再独处，也拒绝了赵珂想和她一起去看电影的邀请。

星期一上午，市里考察队的人下来了。三四辆车停在社区办事处门口。

刘璃瓦当时还在办公室里整理各个分队调查的资料，听到外面闹哄哄的，抬头去看，便看到一群人进来了。

她赶忙起身走去王主任旁边，王主任对她道："小瓦，去会议室准备一下。"

先进来的是一些年纪比较大的领导，最后一辆车的车门打开，一个男人走下来，刘璃瓦的心跳突然变得很快很快，她甚至不敢认真去看一眼，立马转身上楼去会议室。

她走得飞快，扎起的马尾顺着风扬了起来，像在飞。

楼下众人正在寒暄，领导走过来和王主任握手，说："王主任，久仰大名啊！"

王主任道："杨书记，你们下来辛苦了，我代表我们社区热烈欢迎你们的到来。我先给大家介绍一下我们社区的主干：这是我们社区的李义——李副主任；这是我们社区负责老龄条线的周进。"

李副主任和周进忙伸手跟杨书记握手道："杨书记好。"

杨书记道："你们好，我也介绍一下。这位是我们的调研员——何放；这一位是工程师——蒋谷；这两位是我们工程师带的实习生，陈驰星、何蔓。”

王主任连着说：“你们好，你们好，欢迎大家的到来。”

李副主任也赶忙道：“来，我们进去坐下来说吧。”

李副主任给考察队介绍办事处的各个部门，走到会客室时道：“这是我们的实习生——刘璃瓦，做事非常仔细、能干，还在深海大学上大四，这七天大家有任何需要都可以和她提。”

刘璃瓦只敢在他们进来时往他们的身上扫一眼，便匆匆地收回视线。

她有些紧张，捏着衣摆有些腼腆地笑着道：“这几天我们社区一定会努力配合各位开展工作，有任何需求我们都会尽力解决。”

杨书记很和蔼地笑道：“不用太拘束。我们是来考察社区规划情况的，不是来检查社区工作的，你们正常做你们的事情就好。”

刘璃瓦点头道：“好。”

“我们楼上是会议室，大家从这边上。”李副主任带着大家往旁边走。

刘璃瓦几乎不敢抬头，低着头将茶叶倒进水杯里。忽地，她看到身畔落下一道影子。

“我喝白开水就好，不用麻烦。”青年清朗的声音在她身边响起。

她几乎能感觉到他的气息落在她的头顶，拿着茶罐的手轻轻抖了一下，她的声音温瞰细小得像猫叫一样：“好。”

她以为再见面，她能坦然地说出那一句“好久不见”，可现实是，她连抬起头的勇气都没有,她害怕一抬头看到的是他感慨而又疏离的眼神。

六年，说长不长，说短不短。

可她是个特别特别恋旧的人，还是个特别特别爱哭的人。

脚步声从她的身后离开了。

刘璃瓦抿着嘴，一杯杯地倒满茶水，最后倒下一杯白开水。

将茶水端上楼，逐个分发下去，刘璃瓦这才能正大光明地看陈驰星一眼了。

只那一眼，刘璃瓦的眼眶就酸了。她低下头，把水杯放在他的手边，从他旁后走开，只听到他又一声清越的“谢谢”。

社区工作人员和考察队一起开了个漫长的会议，刘璃瓦坐在一旁负责做会议记录。其中发言部分最长的是主工程师，念了长长的、满是建筑专业术语的稿子，王主任和李副主任听得连连点头，刘璃瓦没接触过城建，听得一知半解，费力地记录一些词句，心里想着等结束了得去要一份复印件。

在一些专业部分，陈驰星开口做了补充。他的声音不急不缓，一件事一件事地娓娓道来，极有条理。

所有人都看着他，刘璃瓦自然也可以顺理成章地将视线落在他的身上。看他气定神闲，当众发言也没有丝毫紧张的模样，刘璃瓦忽然想起了曾经在国旗下讲话的小陈驰星，她不自觉地微笑起来。陈驰星身上自带的这种学霸气场她太过熟悉，从小被碾压到大，她竟然还被碾压出一点自豪感来了。

刘璃瓦在心里唾弃了一下自己，看着陈驰星的视线却没有再挪开。别人或许会觉得他光芒刺眼，但对刘璃瓦而言，陈驰星这个名字本身就会发光。

从小优秀到大的陈驰星，只有在小学二年级的时候受过一点点挫折，不过没关系，现在他已经变得非常优秀了。作为朋友，刘璃瓦很为他高兴。她想，她可以和他好好地说出那一句“好久不见”了。

陈驰星和刘璃瓦好久不见了。

陈驰星的目光在掠过所有人后，对上了刘璃瓦全神贯注的眼神。

许多年不见，她还是这样，认真起来心无旁骛，像一个小古板。

这一点熟悉感令他走了神，他话语一顿，险些忘词。

高考完的那个暑假他去小院找过她，发现小院的人都搬走了，包括刘璃瓦和刘奶奶。他又去了诊所，诊所也关门了。

后来家人带他去欧洲旅行，站在法国的阿尔卑斯山上，看见白茫茫的大雪覆盖整个山林，他想起有一年安镇下大雪，积雪深至小腿，他走在前面，先在雪地上踩出两个足印，刘璃瓦再依着他的两个足印往前走，一脚深一脚浅地走到学校，回头一看，雪地里只留下了他们两道蜿蜒的足迹。那是独属于他们俩人的回忆。

后来他每去一个地方都会想，如果刘璃瓦在这儿，她会说什么，又会做出什么可爱的动作。

在阿尔卑斯山，刘璃瓦会不会问他：“阿尔卑斯糖是从这里卖出去的吗？”

在首都，刘璃瓦会不会问他：“这里的几环几环是怎么看的呀？”

在燕湖大学，刘璃瓦会不会问他：“你上课要走那么远，不会迟到吗？”

她不在的这些年，却又好像一直在他的身边。

在安镇看到刘璃瓦，陈驰星只是惊讶了一下，很快又平静了。刘璃瓦会回到安镇，这件事没有什么好意外的。

兜兜转转，陈驰星也还是回到了这儿。他开车来，一路看到了不少变化，可街角每一家熟悉的小卖部、书店，轻易就能把他拉回过去那些安逸的、宁静的日子。

散了会，大家陆陆续续离开，刘璃瓦还皱着眉头在笔记本上涂涂改改。陈驰星和领导说了一声，他慢走一步，缓步朝着刘璃瓦走了过去。

他伸手在她的桌前轻叩了两下，用温和的语气率先道：“好久不见啊，刘璃瓦。”

刘璃瓦似乎吓了一大跳，肩胛骨往后一缩，捞起本子放在胸前，顿了一顿才愣愣道：“好久不见……陈驰星。”

陈驰星与她对视，徐声问她：“晚上有时间吗？”

刘璃瓦点了点头，有点儿不明所以地说：“有。”

陈驰星便道：“那晚上八点门口见。”

刘璃瓦继续点头，说："好。"

陈驰星笑了一下，正要走，刘璃瓦"噌"地起身，道："那个，我加一下你的微信吧。"

"我们加过了。"陈驰星颔首道。

加过了，什么时候的事？

刘璃瓦呆住了，一直到陈驰星走出去了才回过神来，急急跟出去。

社区工作人员带考察队去社区走了一圈，到小花园的时候，一直走在最后的刘璃瓦出声道："这边是一个花园，有些流浪猫会住在这儿，这边老人也来得比较多。"

"这里可以建一个亭子。"工程师蒋谷说。

"蒋工，亭子要牺牲花园中心很大一部分面积，在这边建一个长廊，从东边曲线型拉过来，一直延伸到这一块会不会更好？"陈驰星提出建议。

蒋谷点头道："这个出发点也可以。"

他们边走边说，看完了整个社区的地形结构和建筑规划布局。到了快六点，王主任作为东道主，在自己家设宴给考察队接风洗尘。

王主任的女儿沈茜茜才七八岁，正在上小学，身上还穿着校服，系着红领巾，看见家里来了一大群人也不露怯，挨个甜甜地叫"叔叔阿姨"，又"噼里啪啦"跑到厨房给大家端水果。

毕竟人多，刘璃瓦有些局促地在沙发的一侧角落坐下，陈驰星竟然也紧挨着她坐下了。

自来熟的沈茜茜小朋友拿着一个又大又红的苹果先递给刘璃瓦，大声道："小瓦姐姐，吃苹果。"

考察队的女孩子何蔓好笑道："小姑娘，为什么你叫她叫'姐姐'，叫我叫'阿姨'啊？"

沈茜茜想了想，说："因为小瓦姐姐看起来就很小呀！"

何蔓指着陈驰星道："那你觉得他看起来是叔叔还是哥哥？"

沈茜茜道："是哥哥！"

何蔓佯怒着说："难道我看起来年龄很大吗？"

沈茜茜老气横秋地叹了一口气，说："好吧，那我也叫你姐姐好了。"

三个人都笑了起来，沈茜茜拍马屁道："哥哥笑起来真好看。"

何蔓继续逗她道："那你觉得他和你爸爸哪个更好看？"

沈茜茜朝何蔓招手，示意她低头来听。何蔓附耳过去，沈茜茜用几个人都能听到的"悄悄话"声音说："哥哥更好看，爸爸凶死了，一点也不好看！"

"噢，我也听到了茜茜，"刘璃瓦支着下巴说，"你说沈老师……"

"不许说不许说！不跟你们玩了！"沈茜茜恼羞成怒，"噼里啪啦"跑开了。

刘璃瓦笑得前俯后仰。

忽然，她的手心被挠了一下。她侧头去看，陈驰星将一个削了皮的苹果放在她的手心里。他的眼睛里带着笑意，偏头在她的耳后低声说：“她和你小时候有点像。”

他的呼吸打在她的耳侧，她的耳尖一下红了，随即佯作镇静地咬了一小口苹果，说：“我小时候可没她机灵。”

看他们俩个嘀嘀咕咕，何蔓问：“你们以前认识呀？”

刘璃瓦侧头看向何蔓，有点不好意思地笑道：“我们小学和初中都是同学。”

何蔓讶然，说：“噢，原来是老同学，那真有缘分。”又问，“你现在是毕业了吗，还是在读大几？”

“她在深海大学，大四。”陈驰星道。

“深海大学，那个大学海洋管理专业很厉害啊！”何蔓看向陈驰星。

“我是学社区管理与服务专业的。”刘璃瓦补充说。

何蔓又看向她，问：“那你为什么不去一线城市实习呀？你们这个专业，应该还是很好找工作的吧？”

“她是安镇人，”陈驰星看了刘璃瓦一眼，“我也是安镇人。”

因为这一句“她是，我也是……”，刘璃瓦的心跳骤然错了一拍，她慌忙低头，小小地又咬了一口苹果。

（二）

从王主任家吃完晚饭出来，天色已经擦黑了，连续几天的闷热终于迎来了转机，天空下起了细细绵绵的小雨。

考察队都回了酒店，陈驰星有车，便留下来先送李副主任和刘璃瓦回家。

李副主任也住在社区里，开了没一分钟就送到了楼下。

李副主任很热情，还要拉着陈驰星上楼喝口热茶再走，陈驰星以要送刘璃瓦回家为由婉拒了。

刘璃瓦的老破小稍微有点远，时隔多年，两个人再次独处，氛围却格外沉寂。

刘璃瓦坐在副驾驶座位上，不知道先开口说些什么，便认真听着窗外雨滴淅沥的声音，骤然发现雨势越来越大，车轮溅起雨水，仿佛一艘乘风破浪的船。

她扭头看了陈驰星一眼，想感慨一句雨好大，话到嘴边又卡壳了。他开车时认真的样子，在她眼里是如此熟悉而又陌生。

时隔六年，足够一个青涩的少年成长为一个成熟的男人，那样的生涩令她无言以对，她假装不在意地转回头，继续沉默地看着窗外。

“是在这儿吗？”车停了，陈驰星问她。

“对，不过好像楼下没车位了。”刘璃瓦看了看窗外说。

“那就在这儿停了。”陈驰星就近找了个车位停车，侧头对刘璃瓦道，“等我一下。”

他打开车门，淋着雨绕到后备厢撑开一把伞，接着又回副驾驶座位一侧为她打开了车门。

刘璃瓦的心脏像坐过山车，在胸腔内猛烈跳动。

大雨滂沱下，一把伞全然罩在了刘璃瓦的头顶。

“你是住在哪个单元？”陈驰星问。

刘璃瓦伸手指了指说：“第一个单元。”

陈驰星送她到楼下，收伞时看了看房子的楼梯间，问她：“这边是不是很潮？”

“是，有时候雨下太大了，墙壁会渗水。”刘璃瓦说。

陈驰星摸了摸墙面，雨下得还不久，不算太潮，但有些地方已经出现一块阴湿的潮面了。他说：“老房子防水做得不好，这边还背阴，雨水一多墙体就潮了。”

刘璃瓦附和地点点头。

已经把她送到楼下了，没有理由再待下去了。陈驰星笑了一下，说：“那我走了。”

刘璃瓦看了看外面瓢泼的大雨，不知道哪儿来的勇气，在他提步要走时，伸手拉住了他的衣服，飞快地说：“现在雨太大了，你要不要上楼坐一会儿再走？”

陈驰星脚步一顿，哑然许久才低下头看着她的眼睛，问：“方便吗？”

“当然方便啦！”刘璃瓦没听出他的言外之意，转身领着他上了五楼。

陈驰星握着淋湿的伞，伞面上滴落的雨水一如他潮湿的心，他步伐沉重缓慢，一直跟随她到家门口。

在她找钥匙时，他还是忍不住问了：“你男朋友，不在吗？”

听了陈驰星的话，刘璃瓦偏头疑惑地看了他一眼，道：“我没有男朋友。”

“哦。”他若有所思。

锁开的瞬间，她灵光一现，忽然明白了他之前那一句“方便吗”的言外之意。她推开门将钥匙挂在门口的挂钩上，顺势回头问：“你女朋友呢？”

陈驰星便笑了，笑容是今天难得地轻快。他道：“我也没有女朋友。”

刘璃瓦不予置评，嘴角却弯了起来。

她弯腰拿了一双男士拖鞋给陈驰星，强行将嘴角莫名其妙的笑抿下去。

陈驰星将伞放在门口，进来关门的时候没有把门关死，只虚虚掩着。

“你随意坐，我先去烧壶水。”刘璃瓦招呼道。

陈驰星说：“不用麻烦……”

刘璃瓦接着他的话道：“白开水是吗，我记住了的。”

陈驰星失笑道：“白开水也不用，我坐一下就走了。”

刘璃瓦仍然进了厨房烧水，留下陈驰星待在客厅。

他看了看房子里的布置，虽然沙发桌椅都是老式的，但都打理得很干净，玄关柜上摆了装饰花和约莫有 50 厘米长的鱼缸，鱼缸里有四五条小鱼和两只小乌龟，鱼缸里还贴心地给乌龟装了一个小露台。沙发上整整齐齐摆了七八个抱枕，都是很可爱的图案，茶几上还反着摆了一本书，是勒庞的《乌合之众》。

陈驰星在沙发上落座，拿起书看了一下。刘璃瓦看得还很认真，用荧光笔仔细画了标记，有些话旁边写着“有道理”，有些话旁边画了一个生气的小表情，也不知道是认同还是不认同。

陈驰星轻轻地笑了一声。

刘璃瓦端了一杯白开水出来，放在陈驰星的桌前，她坐到对面的沙发上，顺手抱起了沙发上的抱枕。

“谢谢。”陈驰星将书放回桌上，他轻抿了一口水，看向刘璃瓦，说，“你是什么时候开始来这边工作的？”

“这个月月初。”刘璃瓦回答道。

陈驰星笑着问：“工作还习惯吗？”

“挺好的，像王主任、李副主任他们都很照顾我们的。”

陈驰星的眉头微微挑了一下，敏锐抓住了“我们”这个词，说：“你们有很多人在这里实习吗？”

“不是，只有我和另外一个学校的男生，他今天去跑外勤了，你还没有见到他。”

陈驰星手心的杯子转了转，脸上的微笑不变，温和道：“是一个戴眼镜、瘦高个、平头的男生吗？”

刘璃瓦愣了一下，点头说：“是，你见过他吗？”

“可能吧。”陈驰星绕开这个话题，他打量了下房子的布局，问刘璃瓦，“你在这边住得怎么样？”

刘璃瓦看了看厨房，说：“都挺好的，就是厨房的水龙头有点漏水了。”

“水龙头？”陈驰星放下杯子，“我去看看。”

刘璃瓦将陈驰星带到厨房，指着滴水的龙头接口说：“就是这个地方，有一点渗水。”

陈驰星打开手机手电筒，用光照了照接头的地方，又蹲下去看了看下面接着的水管。他起身问刘璃瓦：“介意我拿下来看看吗？”

“没事没事，你看吧。”

“拿一下。”陈驰星把手机给刘璃瓦。刘璃瓦接过手机，给他用灯光照着水龙头。

陈驰星拧了几下，水龙头使用久了，起了锈，得费很大力才能转开，他拧下水龙头，在光源下看了看，指着水龙头接口对刘璃瓦说：“这里锈坏了，得换个新的才行了。”

“那，很麻烦吗？”刘璃瓦问。

陈驰星说：“不麻烦，超市就有这种水龙头买。”

他从厨房窗口往外看了下，道：“雨小了，超市不远的话，现在就可以去买一个。”

刘璃瓦看了看起了厚厚一层锈的水龙头，说：“不远的，不过我不知道要买哪种，要带着这个水龙头去比对一下吗？”

陈驰星利落道：“不用，我们现在就去吧。”

刘璃瓦还在探头用目光估量水龙头的大小，没有料到陈驰星忽然转身，她险些兜头撞到他的下巴上，条件反射后仰，腰撞在了厨房的中岛上。

厨房狭小，他们夹在水池台与中岛之间，目光相接。

刘璃瓦怔了一下，看到陈驰星的喉结轻轻滚了一下，她骤然回神，心跳慌乱道：“我先出去……”

她从夹缝间逃出去。

擦过她的手臂，陈驰星的手指垂在身侧，轻轻蜷缩了一下。

刘璃瓦又跟着陈驰星出了门，社区超市不远，走一段距离就到了。刘璃瓦跟在陈驰星的身后，在家居用品区逛了一会儿，听陈驰星科普了一些水龙头和水管大小的知识。

这么一逛，近半个小时又过去了，走出门口的时候，听到外面又响起了闷闷的雷声，刘璃瓦大感不妙，道：“我们快走吧，可能又要下大雨了！”

“好。”

陈驰星撑开伞，刘璃瓦没有陈驰星高，得稍微揪着一点他的袖子。

走到半路，一道闪电划过，轰隆隆的雷声响起，刘璃瓦吓得尖叫了一声，陈驰星换了一只手握伞，另一只手揽住刘璃瓦的肩膀，他说："一、二、三……"

"啊？"刘璃瓦没跟上他的脑回路。

"跑！"陈驰星说。

刘璃瓦几乎是被他推着拉着狂奔了起来。

小小的伞撑不住巨大的风雨，溅起的水滴和踏过的水洼沾湿了鞋。

刘璃瓦突然忍不住笑了起来，大喊着说："你跑太快了，陈驰星。"

"我有拉住你了。"陈驰星回头笑着，朗声说。

四目相对，这一次，她笑着，没有躲开他的视线。

雨势忽大忽小，回到家时他们已经像两只落汤鸡了。

刘璃瓦找了一块毛巾给陈驰星擦头发，又翻出一件自己没穿过的白色的大码短袖给陈驰星换。

待陈驰星用毛巾把头发擦得半干后，刘璃瓦又将吹风机递给他吹头发。陈驰星站在镜子前吹了一会儿，有撮头发缓缓竖了起来。刘璃瓦看到了，踮起脚用手掌帮他去压，怎么压也压不下去，刘璃瓦的嘴角先是抿着，抿着抿着没抿住，"扑哧"一下笑出了声，在镜子里一对视，两个人都忍不住笑了起来。

他们挨得那么近，就像童年一般亲密无间。

快晚上九点的时候，雨终于快停了，刘璃瓦趴在窗口，用手接了下雨，回头跟陈驰星说：“好了，这回雨是真的小了。”

陈驰星一只手插在兜里，站在她身后看了她一会儿，道：“那我走了。”

“好，你那个衣服先放我这儿，我用洗衣机洗了，干了以后你再拿走吧。”刘璃瓦道。

“好。”陈驰星点头。

陈驰星拿着雨伞下了楼。刘璃瓦关上门，靠着门站了一会儿，她看了看门边全身镜里的自己，脸上挂着傻笑，也不知道在笑什么。

太傻了!

刘璃瓦这样在心里说着自己，却又走到窗边打开了窗子。

老旧的窗子发出嘎吱声，刘璃瓦看到楼下举着伞的陈驰星步伐一顿，她猛然转回身，躲在了墙后，呼吸急促，心绪起伏。

陈驰星若有所感，回头看着五楼打开的、微微晃动的窗子，好一会儿，他眉眼微弯，轻轻地笑了。

直到听到车开动的声音，刘璃瓦才敢露出一点眼睛，看着那辆黑色的车开出她的视线。

她无法理解，为什么自己会那么开心，而又那么怅然若失。

厨房里换了新水龙头，再没有滴滴答答的声音了，刘璃瓦把水龙头打开又关上，弯着眼睛笑了起来。

投桃报李。刘璃瓦将陈驰星换下来的衣服泡进温水里，仔细地将领口、袖口每个地方都搓洗干净，拧干后将衣服展开，闻了闻洗衣液香香的味道，随后将衣服挂在烘干衣架上，拿到阳台晾晒。

晚上睡觉前，刘璃瓦躺在床上玩了会儿手机，突然想到陈驰星和她说他们早就加过微信了，她依然不太信。

最后一次见面已经是六年前的事了，那个时候她连手机都没有，陈驰星怎么会有她的微信?

刘璃瓦把微信好友列表打开，从第一个往下翻，一直翻到“X”，在这一列里，她看到了一个“星”，头像是一个人坐在悬崖边。

刘璃瓦腾地坐了起来，她点开头像，微信号直直白白的是“Chenchixing”加几个数字。

陈驰星什么时候加上她的?

刘璃瓦打开聊天记录，发现聊天记录不是一片空白，相反，他们还聊过天，偶尔是节日祝福，偶尔是陈驰星问她期末考试考得怎么样。

刘璃瓦的微信好友有很多，大学各种社团和部门，七七八八加上的人，有些扔在列表里没见过面也不会再聊天，有些人寒暄过就没了下文，因而刘璃瓦看到每条消息都会就事论事地礼貌回复一下，至于对方是谁，她并不在意，因为她认识的人都会打上备注，没有备注大概就是关系比较疏远的同学或者校友。

于是她也把陈驰星的微信号划进了陌生人一块，就这么鸡同鸭讲地聊了……

刘璃瓦把微信聊天记录往上翻到了顶，看到了第一句聊天记录的时间，是三年前。

也就是说从三年前她开始用这个手机开始，陈驰星就加上了她。

翻着牛头不对马嘴的聊天记录，刘璃瓦突然知道了“社会性死亡”是什么含义。

她发了两个哭哭的表情给陈驰星，主动认错道：“对不起对不起，我没认出是你，我一直以为这个微信是哪个不熟悉的同学的。”

“三年了，刘璃瓦，你才发现。”

陈驰星几乎是秒回了她。

刘璃瓦发了个跪地求饶的小人表情，说：“我已经打上备注了，不会再弄错了”

“笨！”陈驰星发了个流汗的表情。

“我明天请你吃饭，真的抱歉。”刘璃瓦继续哭哭。

陈驰星叹气，回复她：“怎么还没睡？”

刘璃瓦立刻下了台阶，说：“马上睡了马上睡了，明天见。”

陈驰星说：“明天见。”

刘璃瓦翻了个身，打开陈驰星的朋友圈，死活想不通自己为什么没有认出过他。

他的朋友圈有和朋友打球赛的照片，有旅行的照片，还有一些风景照，不过都没有正脸，刘璃瓦可能随便那么一刷就翻过去了，并没有仔细看。

然而很“社死”的是刘璃瓦发现她还都给这些朋友圈点过赞。

她可能是个傻子吧！

刘璃瓦抱着枕头撞了一会儿头，试图把自己闷死在枕头上，闷着闷着……她就睡着了。

陈驰星也点开了刘璃瓦的朋友圈，他看过很多次了，但有时候还是会忍不住想笑。

她的朋友圈就像她这个人，毫无隐藏，单纯美好。

看她在朋友圈吐槽哪一门课的老师太严厉了，看她在朋友圈分享一些小窘事，看她过生日时和朋友的大头合照，看她闭着眼睛许愿，看她从校服一点一点变成穿高跟鞋的大女孩……

她的每条朋友圈下都有一个关于“星”的赞。

他用这样的方式，参与了她大学四年的时光。

第二天上班，刘璃瓦一如往常地投入繁杂的工作，不过今天不同的是她得和考察队一起跑外勤了。

外勤也不麻烦，就是在社区里转。看他们用设备做各种勘察，刘璃瓦也帮不上什么忙，只能偶尔帮忙拿一下卷尺，偶尔帮忙向围观的邻居解释一下他们在干什么。

下过一场雨，树都开始落叶了，扑簌簌地从树枝上掉落，铺了一层金黄色的路。

陈驰星背着工具包，身形依旧笔挺，身上穿了一件理工男人手一件的黑白格子衬衫，下身是工装裤搭麂皮的马丁靴，大步走在这条金黄色的路上。

刘璃瓦跟在他的身后看他背影，想了想，发现昨天陈驰星穿的是蓝白的格子衬衫牛仔裤和马丁靴，非常“理工男”。

十点多太阳出来的时候，天气又燥热了起来，考察队正在检查社区活动中心的电力设施有没有老化。

赵珂拎着袋子从外边走进来，朝刘璃瓦挥手道：“小瓦。”

“赵珂？”刘璃瓦放下东西朝他走过去，问他，“你怎么过来了？”

“王主任让我过来送水。这是给你的，茉莉花茶，我知道你喜欢喝这个。”赵珂把水拧开递给刘璃瓦。

刘璃瓦接过水，又拧紧瓶盖，笑道：“谢谢啊，不过我还不渴。”

“刘璃瓦。”陈驰星远远叫了她一声。

不好意思再聊天，刘璃瓦对赵珂道：“对不起，那边叫我了。”

她小步跑回去，问陈驰星：“怎么了？”

“试电笔呢？”

刘璃瓦翻了翻工具包，拿出试电笔递给他，说：“试电笔在这儿。”

陈驰星捏住试电笔插入插座，确认氖管发出了光后，将试电笔拿出来，等了一会儿递给刘璃瓦，低头在测评纸上打了个钩。

刘璃瓦探头看了看，一知半解。陈驰星扭过头，看她探头探脑的，好笑道：“你刚刚在和谁说话呢？”

“我同事呀，他送了水过来。对了，我去拿一瓶给你。”

刘璃瓦又飞快跑过去拿了一瓶矿泉水给陈驰星，陈驰星一本正经地问她：“为什么你的水和我们的不一样？”

“同事随便带的，你要喝这个吗？”刘璃瓦有点尴尬地举起茉莉花茶。

陈驰星的眉头挑了下，问她：“不是特地给你买的？”

刘璃瓦听出了他言语里的戏谑，心里的紧张松了下。她开玩笑地晃了晃瓶子道：“我的意思是说，你要喝这个的话，那得再去买了。”

陈驰星摇着头笑道：“水等下喝吧，我的手脏了。”

“我帮你拧开。”刘璃瓦将自己的水夹在臂弯，手腕一用力，转开了陈驰星的水。

她将水递给陈驰星，见他有些惊讶地看着她，她晃了晃水瓶，笑着说：“怎么，还要喂吗？”

“有点惊讶你还会单手开瓶盖了。”陈驰星盯着瓶盖说。

刘璃瓦脸上的笑收了一下，很快又恢复了自然。她递过水瓶道：“这不是很简单的事嘛，拿着。”

上学的时候陈驰星拿到矿泉水的第一反应就是拧开递给刘璃瓦，很长一段时间，刘璃瓦都认为矿泉水瓶盖本来就是松的。

直到陈驰星走后，刘璃瓦才发现自己的力气竟然小到连一个瓶盖都转不开，她还气哭了几次。不过后来就不会哭了，因为没有人会主动伸手给她拧瓶盖了。

她能徒手拧开瓶盖，也能一个人把二十千克的行李箱提上五楼，她能一个人往返教学楼图书馆、宿舍楼，也能一个人逛街、看电影、吃火锅，不是没有朋友，只是和另一个人黏在一起近十年，突然发现其实只有自己一个人也可以。

她都快习惯独立了，那个人却来和她说："你都能拧开瓶盖了啊！"

"你怎么……"陈驰星突然朝她俯下身来，盯着她的眼睛说，"看起来像要哭了？"

"没有要哭。"刘璃瓦指着自己的眼睛，面无表情地说，"这叫水汪汪的大眼睛。"

"汪汪的大眼睛。"陈驰星凑近她，轻轻点头。

刘璃瓦看着他靠近的眼睛，熟悉的眉宇，和记忆里几乎没有分别的脸，忽然，一滴泪就从眼角滑了下来。她连忙捂住眼睛道："你离我那么近干什么？我又近视又散光，眼睛会不舒服的。"

陈驰星怔了一下，吐槽她："书没读多少，眼睛倒是熬坏了。"

刘璃瓦抗议道："你不怼我，你是会死吗？"

陈驰星想了想道："不会死，但怼你我很快乐。"

“人生若只如初见，我肯定离你远点！”刘璃瓦愤愤地说。

“你要是不哭，我就信了。”陈驰星用瓶子轻轻碰了碰刘璃瓦的额头，轻声说，“长大了，还学会撒谎了。”

刘璃瓦愣愣地看着他走开的背影，一时不知道他是发现了她那些敏感的情绪，还是随口一说。

她流眼泪只是觉得，稍微有那么、那么一点的怀念。

可他们都不是小孩了，即使重逢也不可能再抱着又哭又笑，只会体面地说一句：“好久不见啊！”

所以，好久不见啊，陈驰星。

下午下班后，刘璃瓦践行“请吃饭”的承诺，带陈驰星回家做饭。

事先和他说好了，没有大菜，只有素菜、猪肉和半边鸡肉。

她从没煮过鸡肉，出于待客礼貌，刘璃瓦决定把半只鸡炖上。

“那我今天就做砂锅鸡了。”刘璃瓦说。

陈驰星再次惊讶：“你还会做砂锅鸡？”

“没做过，但可以搜菜谱。我一直想做，只是一怕吃不完，二怕不好吃。你来了，两个人总能吃完半边鸡。”刘璃瓦说得头头是道。

陈驰星失笑道：“不好吃怎么办？”

刘璃瓦撸起袖子，叉着腰理直气壮地说：“我是主，你是客，客随主便，不好吃当然归你吃。”

“‘客随主便’是这么用的吗？”陈驰星打开冰箱看了看冷鲜层的蔬菜。

“客随主便，”刘璃瓦再次强调，“我说是这么用的，那就是这么用的。”

“好吧。这位主人，你能告诉我你还准备做哪两个菜吗？”

刘璃瓦也站在冰箱边，看着敞开的冰箱，思索道：“藕片炒肉和辣椒炒肉吧。”

“三个肉？”陈驰星问。

“是的，以免你说我小气，请你吃饭只吃两块钱一斤的叶子菜。”刘璃瓦也学会他的吐槽方式了。

“需要我做什么吗？”陈驰星问。

刘璃瓦拿出冰成冰块的鸡肉，放进铝盆里。她道：“你现在可以先去坐着，等我把鸡炖好你就可以来做藕片炒肉和辣椒炒肉了。”

陈驰星顿了好一会儿，有点没底气地说：“其实我不太会炒菜。”

“没事，我相信你，陈驰星，就像你相信我的砂锅鸡一样相信你。”

陈驰星品出来了，他不是来吃饭的，是来和她互相伤害的。

他笑了，说：“先说好，不管是谁炒的，都要吃完。”

“砂锅鸡我炖，米我煮，藕片炒肉、辣椒炒肉由你来炒，谁吃到最后谁洗碗。”刘璃瓦抬着下巴看他，带着一点儿小傲娇。

陈驰星低头和她对视着，眼睛微弯，点头说：“好啊！”

第六章 · 如故时

她逢到了甘雨，在己乡也遇到了故知。

（一）

和陈驰星独处时，刘璃瓦好像又找回了一点小时候亲密无间的感觉。

不用在乎别人怎么看，不用在乎自己的举止会太幼稚，更不用在乎自己不好的一面会被别人看到，因为陈驰星是见过她所有窘态的人。

乍然的生疏过去后，惊喜地发现对方还是如同自己记忆里一样，还能像朋友一样相处，开玩笑也好，互怼也好，没有顾忌，也不用再尴尬。

洪迈说“久旱逢甘雨，他乡遇故知”，刘璃瓦逢到了甘雨，在已乡也遇到了故知。

这是这段时间里，刘璃瓦下厨最开心的一次。

鸡肉解冻要二三十分钟，刘璃瓦正淘米煮饭，陈驰星看着也想上手，刘璃瓦便将电饭锅内胆让给他，从旁指导他怎么处理。

在厨房这块区域，陈驰星是个彻彻底底的小白，煮上饭后想帮忙打开煤气灶，拧了几下发现怎么都没火，正犹豫着想问煤气灶是不是有问题。

刘璃瓦见他俯身有些困惑地盯着煤气灶便知道他在想什么，笑了一声，伸手过来压住煤气灶的转扭一旋，“咔”一声响，蓝色灶火带着煤气味儿“腾”地燃起来了。

陈驰星往后一仰，“嘶”了一声。

“要不要这么夸张？”刘璃瓦笑了半天。

陈驰星做了一个“压”和“扭”的动作复盘，认真道：“以前没用过，以后就知道了。”

“阿姨不让你下厨的吗？”刘璃瓦纳闷地问。

架上锅，陈驰星抬手去开抽油烟机，说：“我高中的时候我爸恨不得二十四小时监视我学习，大学后又住宿舍，哪有机会去研究煤气灶呢？”

“你爸……”刘璃瓦踟蹰了一下，“他对你不好吗？”

“你不是见过我爸吗？他就那样，我妈是慈母，他是严父，俩人双簧唱得可好了。”

刘璃瓦被他诙谐的说法逗得“扑哧”笑了起来。

“我以后要是有了小孩，我就要他去做他想做的，学习好不好都无所谓，”陈驰星低头看了眼刘璃瓦，轻声说，“只要他健康且开心，我都随他去。”

他的目光像一根羽毛，轻飘飘打着转似的落在她的脸上，刘璃瓦呼吸一滞，倏忽躲开视线。

陈驰星用手掌抵住刘璃瓦的额头，轻轻揉了揉她的额发。

他的掌心滚烫，炙热的温度传递到她的脸上，她不自觉地脸上发起烧来，往后退一步，抿着唇和他拉开距离，转过身后却用手背贴了贴额头，是热的，连呼出的空气都热了起来。

少女额头的绒毛感似乎还留在他的手心里，陈驰星虚虚握着拳头，不自觉地摩挲手心，心跳也莫名加快。他瞥她一眼，见她正认真备菜，陈驰星轻咳一声道："我接下来该做什么了？"

刘璃瓦说："先倒水把锅洗一下。"

陈驰星和她确认一遍："等锅干了后就热油，然后炒肉？"

"对的。"

刘璃瓦把鸡炖上之后就在一边围观陈驰星"炸厨房"，不对，是做饭。

在陈驰星烧油放菜，火星子溅起半米高的时候，刘璃瓦惊呼一声，连退几步，站在厨房门口已经做好了打消防电话的准备。

看她在后面不放心地盯着，陈驰星呛咳几声，摆手道："里面烟大，你去外面坐。"

刘璃瓦憋了一会儿，憋出来一句："我怕你把我的厨房炸了。"

"不会，我知道你们这栋楼灭火器在哪儿。"

刘璃瓦默然，心道：谢谢啊，听完更害怕了。

又一次被油烟呛到，陈驰星转头打了个巨大的喷嚏。刘璃瓦看不下去了，指挥道："你快加点水焖上！"

陈驰星眯着眼睛，眼里含泪问："多少水？半勺够吗？"

刘璃瓦重重地"哎呀"一声，简直想冲进去动手了，没好气说："半勺？大哥你熬汤吗！唉呀妈呀，一点点，也不是这么一点水，再多一点，好好好，可以了！"

听到锅里"刺啦刺啦"的响声，刘璃瓦仿佛都听到藕片在大喊"得救了"。她继续指挥陈驰星，说："你把盖子再盖上，焖三分钟。"

陈驰星如言把盖子盖上。

"辣椒炒肉也是这样吗？"陈驰星问她。

刘璃瓦站不住了，点头说："差不多吧。反正只要你炒熟了，别把厨房烧了，其他你自由发挥。"

她也被油烟呛到了，捂着鼻子说："我去开窗通风。"

一顿饭做下来厨房宛如战场，陈驰星在"炸厨房"方面的天赋远大于"下厨房"的天赋，知道的说是炒菜，不知道的得以为刚才是在现场打铁。

因为火焰太高，陈驰星无师自通地学会了颠勺，中途还大声呼喊刘璃瓦去看。刘璃瓦走进一瞧，哀伤地发现锅外的菜快比锅里的多了，辣椒还差点飞出来弹到她的脸上。

化用郑愁予的诗来评价：你"哒哒"的颠勺声是美丽的错误，你不是厨师，是个“杀手”。

最后刘璃瓦坐在桌前，看着桌上的三道菜，第一次觉得原来吃一顿饭是这么值得感恩的一件事。

陈驰星端起碗问：“开始吃吗？”

刘璃瓦盯着桌上要么黄要么黑，总之品相不佳的菜，叹了口气，没忍住，又笑了。她拿起手机说：“我先拍个照纪念一下。”

为了尊重他的劳动成果，她仔细挑了一个让这桌菜看起来不那么不忍直视的滤镜，站起来拍了几张。

陈驰星支着下巴看她，问她：“拍好了吗？”

“等我再打个水印。”刘璃瓦挑了一种字体，边打字边说，“记录陈驰星小朋友第一次做饭。”

“刘璃瓦小朋友，老师没教过你吃饭不能玩手机吗？”陈驰星闲闲吐槽。

刘璃瓦忍住笑，放下手机道：“在吃饭之前，还是要表扬一下陈驰星小朋友，虽然过程很吓人，但没有受伤，而且这些菜虽然其貌不扬，但基本上还保持了它们的初始形状。”

她竖起大拇指，夸张道：“陈驰星小朋友，你真棒！”

听出来她这是明夸暗贬，陈驰星想说“我生气了”，脸还没板就发现自己一点也生不出气，完败给她了，无可奈何地说：“刘璃瓦，你这个小脑袋瓜里天天都在想些什么呀？”

刘璃瓦见好就收，不再取笑他。她拿起筷子先夹了一块藕片尝尝，尝完后眯起了眼睛。

这藕片虽然煳了一点，焦了一点，黑了一点，淡了一点，但是还吃得出是一块藕片的味道，挺好。

刘璃瓦吃一口就笑了，道："陈驰星，你太有做菜的天赋了，你以后回去一定要做菜给你爸妈吃。"

陈驰星皱起的眉头从尝了自己的菜开始就没松开过，他回怼道："刘璃瓦，你好歹把那块藕吃完再说这种假话。"

刘璃瓦被呛到，又咳又笑。

陈驰星递了一张纸给她，还是有些不好意思地说："不好吃就别吃了。"

"没有，没有不好吃，真的，比我第一次做菜做得好，不咸，焦了一点，但也还没煳到粘锅不是吗？真的，多吃两口，你会突然感觉，也不是那么难吃了。"

刘璃瓦把剩下的半块藕片也吃了。

陈驰星把两盘菜拽到自己面前，不容置疑地说："别吃了，下次再做给你吃，肯定比今天好吃。"

还有下次？

刘璃瓦抿着筷子，眨了眨眼，而后低下头，浅浅地翘着嘴角笑了。

陈驰星把自己还没吃过的米饭递给她，将她那碗被沾黑的米饭换过来，又把鸡腿夹进她的碗里。

此刻的温馨如同过去曾当作平凡，而又无限怀念的“每一天”。

一顿饭，刘璃瓦细嚼慢咽，陈驰星却吃得飞快，她一碗还没吃完，他已经开始盛第二碗了。

往常刘璃瓦吃得都很少，今天不知道是被陈驰星的“干饭精神”感染，还是砂锅鸡真的很好吃，她竟然和陈驰星把一整锅鸡都吃完了。

吃饱喝足，陈驰星问她：“你早上一般几点起来？”

刘璃瓦思考了一下，回答：“一般六点起来吃早餐，六点半去帮社区里的老人遛狗，七点钟去单位打卡。”

“好，那明天六点半我在楼下等你。”

“你等我？”刘璃瓦茫然道，“你等我干什么？”

陈驰星说得理所当然：“一起上班啊！”

刘璃瓦更迷茫了，问：“你们不是九点开工吗？”

陈驰星斜斜地看着她，有点不高兴地说：“我乐意，不行吗？”

这少爷脾气！

“可以，当然可以，那我明天就带你全方位了解一下我们社工的工作，对了，陈驰星同学，”她指了一下桌上的碗道，“今天你最后吃完，记得把碗洗了再走。”

陈驰星吐槽她：“请我吃饭，菜是我炒，碗还是我洗。”

刘璃瓦捧着脸看他，笑眯眯道：“你可以选择把你炒的菜都吃掉，或者，去洗碗。”

“好好，我去洗碗。”陈驰星立刻缴械投降。

厨房传出放水洗碗的声音，这是这间小小的房子第一次有了另一个人的声音。

刘璃瓦抱起电脑开始处理工作，听着厨房里的动静，心里忽然觉得温暖且熨帖。

好像她的人生里，合该有他这个人。

第二天，刘璃瓦还没醒就收到了陈驰星的消息，说他马上就到。

一下楼，陈驰星果然已经在楼下等她了。

陈驰星今天没穿格子衬衫，穿的是一套运动服，发现刘璃瓦穿的也是运动服时，陈驰星眉头愉悦地抬了一下。

“你吃早餐了没有？”刘璃瓦跑过来问他。

陈驰星的两只手背在身后，点头说：“我吃了，你呢？”

“我喝了一杯麦片，还吃了一个小面包。”

陈驰星又问：“还吃得下吗？”

“啊？”刘璃瓦愣愣的。

陈驰星笑着提出了藏在身后的早餐袋子，是一杯豆浆和两个包子。

刘璃瓦一脸懵懂，仰头问他：“你不是说吃了早餐吗？怎么又带了早餐来？”

陈驰星笑道：“给你买的，三鲜包。”

刘璃瓦顿时忘了吃过早餐的事了，又惊又喜道：“你怎么知道我喜欢吃三鲜包！”

“因为你朋友圈每天都在发‘啊，好想念学校食堂的三鲜包啊’，”陈驰星晃晃袋子，“虽然不是你们学校的，不过买的人很多，应该也还好吃，拿去吧。”

刘璃瓦咬住一个，又用塑料袋包着一个包子递回给陈驰星，摇头说：“我吃不下这么多，这个给你。”

“就这么一点胃口，你是只猫吗？”他吐槽着接过袋子，修长的手指隔着塑料袋短暂地捏住了她的手，有一瞬间她觉得指尖被电击了一下，不由地一缩。

陈驰星没有发现，和她边走边吃，问她：“你接下来去哪儿？去办公室吗？”

刘璃瓦清了清嗓子，说：“去 12 栋，遛狗。”

“你在社区还负责遛狗啊？”

刘璃瓦辩驳：“不是负责遛狗，是负责给社区居民解决困难。12 栋的奶奶年纪大了，怕狗放出去被抓走，所以我每天早上都会来遛一下狗。”

“那她家里人呢？”

“她是孤寡老人，儿子很多年前牺牲了，老伴前几年也去世了，只剩下她一个人了。”刘璃瓦说。

陈驰星继续问：“那她身体怎么样？”

“身体也不好，八十多岁了。老人上了年纪难免就这个病那个病的，现在主要靠社区帮助生活。”

“社区这样的老人多吗？”

刘璃瓦重重点头说：“多。我们社区八十岁以上的老人有一百多个，六十岁以上的老年人有一千多个，占社区总比例近五分之一了。”

陈驰星也若有所思地点了点头。

刘璃瓦今天和陈驰星一块去孙奶奶家，走得竟然比平常还慢了。福宝早早翘首以待，自己扒拉开笼子在房子里撒欢，刘璃瓦一开门福宝就窜了过来，一个劲往她的身上扑。

“福宝乖，福宝坐下！”刘璃瓦让福宝先安分下来，听到厨房有声音，她又往厨房看了看。

孙奶奶正在厨房忙活，见刘璃瓦来了，她热络道：“小瓦，吃早饭了吗？”

“吃了，孙奶奶。”

“这个小伙子是？”孙奶奶看到了跟着刘璃瓦身后的陈驰星。

陈驰星自我介绍道：“奶奶，我是市规划局来调研社区情况的。”

“市里来的啊，快坐快坐。”孙奶奶步履蹒跚地从厨房里出来，一边说着一边还要拿茶叶给他泡茶。

刘璃瓦连忙拦下，说：“孙奶奶，他是顺路和我过来的，不用麻烦。”

陈驰星也赶忙道：“对，我就是顺便过来看看的，不麻烦您。”

孙奶奶脊背佝偻，身形瘦小，看看刘璃瓦，有些无措地道：“那，这是有什么事吗？”

陈驰星弯下腰撑着膝盖和老人说话，温言细语地询问她：“孙奶奶，你们社区要做养老示范社区了，想问问您在这个社区设施上面有没有什么需求啊？”

“我们这儿……都挺好的。”孙奶奶有些拘束，回答问题也回答得慢。

“奶奶，你们社区要是做一个老年活动中心，您会去吗？”陈驰星问。

“我……我年纪大了，一般都不出去了。”

陈驰星继续耐心地引导：“那奶奶，您平常有什么娱乐活动呢？比如看电视、散步，都算。”

“天不热的时候我会拿这个凳子，在门口坐一会儿。”孙奶奶指指墙角的小凳子。

看出老人说话时的不自在，陈驰星温声道：“好，我了解了，就问这些，不打扰您吧？”

老人立刻道：“不打扰的，不打扰。”

刘璃瓦也插话说：“奶奶，那我们去遛福宝啦！”

“好好，注意安全。”

刘璃瓦给福宝牵上绳子，递给陈驰星一个眼神，俩人一前一后走了出去。

走出去一段距离后，刘璃瓦抱歉道：“不好意思啊，老人年纪大了，思维可能比较迟钝，对生人也有点抵触。”

“正常的，我能理解，不过……”

刘璃瓦拽紧了迫不及待想狂奔的福宝绳子，有些惴惴不安道：“没给你工作添麻烦吧？”

“想什么呢你？我是说，你和我，说话还要这么客气吗？”陈驰星抬手在她的额头上一敲，把刘璃瓦敲得一愣。

是啊，不知道从什么时候开始，她说话已经习惯了把自己放低位置，大概是因为自己的工作就是为人民服务的，所以习惯了从别人的角度去考量，习惯了体谅别人和从自己身上找问题，可陈驰星不是别人……他是……她最好的朋友。

在她出神时，陈驰星拉过了狗绳，道：“我来牵吧。”

刘璃瓦又习惯性张口想道谢，对上陈驰星警告的目光，她将道谢的话咽回肚子里，笑着将牵引绳交给他。

她和他的手轻轻交替，他的手那么大，和他一对比，刘璃瓦的手简直像一个小朋友的手。

刘璃瓦收回手，将手背在了身后。

晨光熹微，树影斑驳，他们并肩而行，身后是漫长而深邃的林荫道。

时间仿佛无限凝缩，凝缩回童年那一个点，那个时候他们都还小，无限漫长的每一分钟都与弹指之间的即刻重叠。

曾经他们比邻而居，他近在咫尺，她曾以为他离开的那天是最难的一天，长大后才后知后觉，这个世界上最轻易的就是告别，最难的其实是重逢。

“嘿，又发什么呆呢？”

“嗯？”她抬头。

“我问你，如果以后自己养宠物，你会养什么？”

刘璃瓦稍一沉吟，回答道：“看缘分吧，福宝就是自己跟着孙奶奶回去的，所以我想，如果有缘分的话，它会回来的。”

她说的是“回来”，而不是“来”。

阳光下，她的瞳孔从棕色变成剔透的金色，像玻璃弹珠一样圆润美丽，美丽得让他心滞。

“虽然被形容成狗这个点让人不太高兴，不过，他是回来了。”陈驰星看着她，一字一句说，“因为他答应过你，一定会回来的。”

刘璃瓦没想到他会这么直白地揭穿她，她红了脸，嘴硬道：“喂，谁说你？少自作多情。”

“嗯？到底谁自作多情，我说的是‘他’，又不是‘我’。”

“你！”

“笨蛋。”

绿荫道里，两道身影并肩而行，逐渐越行越远。

（二）

开工后，陈驰星和同事特意讨论了孙奶奶的这种情况，老人年纪大，不常外出活动，社区基础养老设施建设要如何才能照顾到这部分更高龄的老年人群？杨书记觉得有必要再进行一些抽样调查，就安排陈驰星上午去走访几户老人家庭。

考察队的人毕竟是生面孔，怕居民不放心，王主任就安排刘璃瓦负责带路和敲门。

十户家庭，上午陈驰星和刘璃瓦走访了五户人家，计划下午再走访五户。

“上午就先到这里吧。”陈驰星说。

正准备回去的时候，一袋东西从天而落，“砰”的一声砸在了他们面前。

刘璃瓦被吓得尖叫出声。

陈驰星显然也一惊，发现是垃圾后，他的脸一下拉了下来，抬头往上看，只见七楼有人探了下头，又飞快地缩回头。

刘璃瓦险些魂飞魄荡，看清前面四散的一摊垃圾后，怒气一下拱上涌，愤怒地朝楼上喊道：“是谁扔的垃圾？高空抛物是违法的，你们知不知道！”

这下七楼连窗都关上了。

“是七楼。”陈驰星肯定道，他拉住刘璃瓦问，“你们这附近有监控吗？”

刘璃瓦环顾四周，在隔得比较远的地方找到了一个探头，忙道：“那里有一个。”

陈驰星看了下距离，摇头说：“那只能拍到它落下来的瞬间，拍不到楼上。”

刘璃瓦又气又恼，追问：“那就没有证据了吗？”

陈驰星从兜里掏出一双白色的塑胶手套戴上，蹲下身开始翻看垃圾，不一会儿，还真从垃圾里找出了一张外卖单。

外卖单上有详细的地址，陈驰星脱下手套，将外卖单递给刘璃瓦，他说：“这上面有信息，你先拍下来。”

刘璃瓦依言将地上的垃圾和小票信息都拍下来，先保留证据，接着将垃圾都捡回垃圾袋，提着垃圾袋怒气冲冲地往楼上去。

在她要敲门的时候，陈驰星把她扒拉到了身后去，叩了两下门道：“你好，我们是社区的。”

没人开门，里面的人躲着不敢露面了。

陈驰星继续敲门道：“我看到你们家里有人，麻烦请开门。”

依然无人回应，这次他口吻更强硬了，说：“再不开门，我们就请警察来敲门了。”

里面传出一些说话声。陈驰星示意刘璃瓦打电话，刘璃瓦默契地将电话打给了社区办公室，大声说：“喂，你好，11 栋 2 单元 7 楼这边有人高空抛物，我们现在在门口交涉，对方拒不开门，麻烦派人过来……”

刘璃瓦电话没打完，门就开了，一个打赤膊的男人气势汹汹站在门口，急吼吼道：“大清早的干什么呢？”

陈驰星提起垃圾问：“这个是你扔下去的吗？”

“不是！”男人说着就要关门。

陈驰星眼疾手快，一把拉住了门把手，笃定道：“这就是从你家窗口扔出去的。”

男人嬉皮笑脸地说：“你有证据吗？你有什么证据证明是从我们这扔出去的？”

“楼下监控拍到了。”陈驰星说。

男人哑火了一下，很快，他又理直气壮起来：“楼下监控根本拍不到！”

“你的意思是你已经承认这袋垃圾是你们扔的了？”

被抓住逻辑漏洞，眼看要不了赖，男人横起来，直嚷嚷：“是又怎么样？又没砸到人，你还能告我？”

“即使没有砸到人，高空抛物也是违法行为。轻则承担民事赔偿责任，重则承担刑事责任，是会判刑的。”陈驰星厉声道。

男人显然被唬住了，说话的分贝都降了下来，嘟嘟囔囔着说：“不就是扔了个垃圾，有什么违法不违法的？”

刘璃瓦从陈驰星的背后露出头，压着火气道：“大哥，你扔的垃圾直直掉在我们前面，但凡我们往前多走一步，你的垃圾就不是掉在地上，而是在我们的头上了！”

男人还想张嘴狡辩，刘璃瓦打断他道：“我们两个还是年轻人，被吓一跳也就算了，如果是个老人呢？这个社区有多少老人，你是不知道吗？如果被你的这么一扔吓到心梗或者脑血栓，你能承担得起责任吗？”

“嘿，你个小娘们，年纪不大，说话怎么这么横？”

陈驰星挡在刘璃瓦的前面，抓住了男人想要推搡的手，冷声道：“说话就说话，别动手动脚的。”

陈驰星有一米八多，比男人高出了一个头还多，这么一拦，男人也对他有些怵，嘴上骂骂咧咧，但不敢动手了。

等了一会儿，社区的人赶过来了。是社区的赵师傅带了物业几个人，他气喘吁吁地问：“你们七楼往楼下扔垃圾啊？”

一听是来问话的，不是来给他判罪的，男人心思一转，立刻改了口，嚷嚷道：“你都说是七楼，怎么就只调查我们家了？万一是隔壁那户呢？我们家没扔过垃圾，你去问隔壁的！”

刘璃瓦和陈驰星都被此人的厚脸皮给震撼了，陈驰星拿出小票说：“首先，这是垃圾里的外卖小票，上面有你们家的详细地址。其次，你已经承认过垃圾是你扔的，我们也录音了，如果你还想要狡辩，那我们只好报警处理了。”

五六个人站在门外，声势一大，楼上楼下都有人跑出来看热闹，男人也开始心虚，僵持了一会儿，男人终于道：“对不起，我道歉，行吗？”

见事情有了结果，赵师傅拍拍陈驰星的肩膀说：“辛苦你们两个了，这边我们来处理吧。”

“等一下。”陈驰星拉过刘璃瓦，目视着男人道，“向她道歉。”

男人唾沫横飞地嚷嚷说：“对不起，我不该乱扔垃圾，行了吗？”

“不，还有，”陈驰星说，“你刚刚说了什么难听的话，向她道歉。”

男人也觉得丢脸，闭着眼睛吼：“对不起，我不该对你们两个说脏话！”

“你原谅他吗？”陈驰星问刘璃瓦。

刘璃瓦点点头，应道：“嗯。”

陈驰星这才和赵师傅说：“麻烦您，那我们先走了。”

赵师傅对他很客套，连连点头道："好好好，这边交给我们吧。"

陈驰星拉着刘璃瓦转身下了楼。

本来不觉得有怎么，但走着走着，刘璃瓦就开始热泪盈眶，眼泪汩汩地流了出来。她觉得有点丢脸，走到五楼的时候，用手心擦了下眼泪。

陈驰星一回头看到她在抹眼泪，立刻停下了脚步，放软了声音问她："怎么了？"

"没怎么。"刘璃瓦闷闷地说。

她扯起衣领，将头埋进衣领里，重重地吸了一下鼻涕，呼气的时候她的气息还是抖的。

一半是被气的，还有一半是……还有一半是委屈和感动。

很久没有人给她讨过公道了。

干社区工作就是干着最累最麻烦的活，拿着最低的工资，还要被人瞧不起。

她本来就最不会吵架了，只要一开口，声音就颤抖，甚至哽咽、热泪盈眶，今天不知道哪儿来的勇气，和一个五大三粗的男人吼了起来。对方朝她抬手的时候，她其实很害怕，可是陈驰星挡在了她的前面。陈驰星还要对方跟她道歉。

刘璃瓦的头缩在衣服里，肩膀抽动。

陈驰星将纸巾塞进刘璃瓦的手心里，调侃说："刘璃瓦，你小时候没有这么爱哭吧，你这些年不仅个子不长，胆子也不长了？”

“要你管。”刘璃瓦闷声说。

“好吧。这位变成乌龟的刘璃瓦女士，距离你下午的上班时间只有十分钟了。”

刘璃瓦一下把头从衣服里露出来了，顾不上悲伤，悲愤崩溃地道：“你怎么不早说！”

“哭得真难看，擦擦眼泪吧，我带你走。”陈驰星弯腰朝她伸出手。

刘璃瓦的手裹在袖子里，将袖子递给他，他却没有抓她的袖子，而是从袖口伸进去，抓住她藏在袖子里的手，拉着她朝楼下大步跑起来。

他跑得那么快，她跟着他的脚步一刻不停地往下跑着，眼泪与难过都一同被风吹散了。

生活常有不如意的，可只要身边还有人拉一把，那就没什么过不去了。

刘璃瓦气喘吁吁赶到办公室时，眼睛还是红的，办公室的同事看见了，纷纷问她这是怎么了，她情绪平缓下来，平和地将来龙去脉说了一遍。

“要我说这高空抛物，就应该都去坐牢。”一个同事听完愤慨地说。

另一个同事也说：“要我说还是得装那种防止高空抛物的监控摄

像头，不然这种人都不会自觉，图方便随手就往楼下扔。”

赵珂更关注刘璃瓦的心情，他将一盒糖递给刘璃瓦道：“吃糖压压惊。”

“谢谢。”刘璃瓦拿了一粒水果糖，客套地朝他笑了笑。

赵珂这几天也感受到刘璃瓦的疏离了，他没有再接近，而是礼貌尊重地和她保持了同事关系。

陈驰星回到考察队的临时办公室，何蔓和他同是实习生，有意想和他拉进一点关系，转过椅子笑着问他：“陈驰星，你和那个刘璃瓦怎么了？她一回来像哭过一样。”

“她胆子小，被吓到了。”陈驰星将资料叠整齐，说到刘璃瓦时，声音温和，连嘴角都带上了不自觉的微笑。

何蔓隐约感觉到陈驰星的一些情愫，略有些讪讪，过了一会儿她又想起一件事，压低了声音好奇地问：“陈驰星，听说你爸是房管局的领导，是真的吗？”

陈驰星手上的动作一停，顿了一下后，他耸肩笑道：“假的。”

“哎，果然小道消息都不能信。”何蔓叹气，看到桌上的两瓶牛奶，她拿起一瓶问陈驰星，“你喝吗？”

陈驰星摆手说：“谢谢，不了，我不喝牛奶的。”

何蔓“哈”一声道：“不喝牛奶都能长这么高，果然这长高还是得靠基因。”她放下牛奶，又抱着椅子靠枕问陈驰星，“你平常会玩什么手机游戏吗？”

“不怎么玩。”

“那你平时有什么爱好吗？”

“也没有爱好。”

“啊？不打游戏也没有爱好？你一点也不像我认识的其他男孩子。”何蔓说。

陈驰星只笑了笑，没再接话。

何蔓也觉得他性格无趣，一时没再有什么好聊的，转回去继续工作了。

陈驰星将文件整理完后就道：“我还有事，先出去了。”

“好，拜拜。”

两人浅淡地告了别。

下午陈驰星和刘璃瓦依旧是去走访，不过任务轻松很多，两三个小时就能打道回府了。

太阳西斜，出门散步的老人也逐渐多了。露出一角的太阳，在天边镀起了一层紫红色的云，层层叠叠，天空辽阔、静谧。

陈驰星和刘璃瓦走到12栋，正看见孙奶奶出来乘凉，她搬着小椅子杵着拐杖坐在门口，福宝就趴在她身侧伸长舌头喘气。

刘璃瓦扬起笑容，走近打招呼道：“孙奶奶，您吃了没有？”

“小瓦啊，我吃过了。”孙奶奶说。

陈驰星和刘璃瓦原本是要回办公室里，这会儿撞见孙奶奶，陈驰星主动说："我们去陪老太太坐会儿吧。"

刘璃瓦点点头，推开院门走了进去，笑道："孙奶奶，我们陪您坐会儿。"

见孙奶奶要起身去给他们拿凳子，陈驰星忙说："不用麻烦，我们就在阶梯上坐会儿。"

他们俩都席地坐了下来，孙奶奶便只好坐回去。

这样的下午晒着并不热烈的阳光是很惬意的，兴奋的福宝直往刘璃瓦的身上跳，刘璃瓦伸手往它身上摸一摸，给它顺顺毛。

三个人闲淡地聊着天，陈驰星此时又格外健谈了，他先问孙奶奶是几几年的，又对应地聊到了历史，后来又聊起了孙奶奶当兵的儿子。

说起儿子，一向讷于言的孙奶奶的脸上笑意就浮了出来，年迈的眼睛里露出一种追忆的目光，她说："我家幺儿当年去参军的时候，差不多和你一样高，那年他是十六岁，牺牲的时候还不到二十岁，以前我总做梦梦到他，梦里他跟我喊疼，现在不会了，应该去投个好胎了。"

说起儿子时，孙奶奶的语气很平静、温和，她身上那种历经世事后面对生死的从容触动了两个年轻人，陈驰星和刘璃瓦都不再开口，只安静地聆听老人絮叨过往的回忆。

福宝什么也不懂，在他们聊天时，它在这个身边转转那个身边跑跑，玩累了就趴下来。

刘璃瓦顺着福宝的毛发，心里不由想着，做条狗多快乐，不用经历为人的生离死别，有个屋檐，有口吃的，就能无忧无虑地撒欢。

她虽没有经历过死别，却也懂得生离，那时仿佛天地倾倒，在一个人心里落了一场无声的雨。

好在雨过还有天晴，别离后幸有重逢。

“这辈子惦念的人，下辈子应当也会见面的。”她轻声说。

“为什么这么说？”陈驰星问。

“有一个我以为再也不会见的人，与他的久别重逢让我相信人和人之间一定是存在羁绊的。”

孙奶奶轻轻笑了，点头道：“小瓦说的对，人这辈子就该有个惦记，有了惦记才有缘分，有了缘分啊，才能有机会再见。”

缘分。

在心里默念着这两个字，陈驰星蓦然明白了刘璃瓦的话。

经久后的重逢，她已然相信了人与人之间的缘分。

老人在身侧，眼前是屋前小院，一切都静谧祥和。

刘璃瓦撑着下巴，在阳光落在眼皮上时轻轻眯了眯眼，侧了侧头，就在这时，一道影子挡了过来。

刘璃瓦讶然看去，是陈驰星的身影不偏不倚为她挡住了刺眼的光，就像在小院里，他永远坐在太阳照过来的那一侧，不声不响地做她的遮阳树。

她试图找出他刻意的细节，可他的注意力仍在老人身上，为她遮光的动作已是本能。

日头渐落，坐了小半个小时，刘璃瓦和陈驰星起身向孙奶奶告了别。

下班后，陈驰星问刘璃瓦："你今天晚上有安排吗？"

刘璃瓦摇头道："没有，怎么啦？"

陈驰星背着手，边走边说："安镇向袋街有夜市，一起去逛逛吗？"

一听说逛街，刘璃瓦立马来了兴趣，兴高采烈道："可以啊！那边的夜市我还没去过呢。"

"记得你以前就喜欢逛文具店，每天下午放学都要在文具店里待上半天。"陈驰星揶揄地笑着说。

刘璃瓦撇嘴道："我不忘初心，现在也喜欢逛文具店，谁和你似的，一支笔壳能用一年。"

陈驰星佯作思考，故意问："有句话怎么说来着？"

"什么话？"

"差生文具多……"

刘璃瓦踢了他一脚，又伸手捶了他一下，恼羞成怒道："陈驰星，你是不是想死？”

陈驰星捂住肩膀，吐血装痛地说：“好痛，怪力少女。”

她讪讪收回拳头，嘀咕道：“你别装好不好，我都没用力。”

“哦，你没吃饭啊刘璃瓦，用点力，往这儿打。”陈驰星指了指胸口。

刘璃瓦忍无可忍，挥着拳头恐吓他：“等下我要一拳把你打到天上挂着。”

陈驰星招招手，道：“来，试试。”

刘璃瓦拳头松了又紧，紧了又松，最后指着陈驰星，愤然说：“陈驰星，你太幼稚了，我是个成熟的成年人，我不和你计较。”

打又打不过，说又说不过，她愤怒地埋头往前走，陈驰星负手走在她身后，欠欠地笑着说：“笨蛋，笨蛋刘璃瓦。”

刘璃瓦头也不回道：“傻子，傻子陈驰星。”

“笨蛋。”

“傻子。”

“笨蛋。”

“猪。”

陈驰星伸手拽住了刘璃瓦的马尾辫，刘璃瓦忙拉住头发，回头瞪他道：“你干吗？”

“笨蛋，走慢点，看路。”陈驰星抬抬下巴。

刘璃瓦低头一看，发现脚前半寸就是一根烂香蕉，如果不是那么一个急刹车，她一脚就踩上去了。

勉强原谅他揪她马尾的行为，刘璃瓦从兜里拿出一包纸巾，抽出两张将香蕉捡起来，但还是不高兴道："你看到了就说嘛，扯我头发干什么，现在植一根头发得八九块钱呢！"

陈驰星不仅不作罢，还伸手又拉了拉她的马尾说："行啊，给你一百块我先扯十来根。"

"啊，走开走开！陈驰星，你给我撒手，等下我真的把你薅秃！"

见她真要生气了，陈驰星松开只是轻轻抓着的手心，放慢声音道："别走这么快。"

刘璃瓦将香蕉皮丢进垃圾桶，斜睨着他道："难道前面还能有香蕉皮？"

"前面有没有香蕉皮我不知道，但现在你身边的景色很美，刘璃瓦。"

刘璃瓦扭头向两侧的绿化树上看去，天色朦胧暗淡，树影斑驳，像是格里姆肖画中的黄昏，美得让人屏息。

她转头想和陈驰星说话，一回头发现陈驰星也正转头看她。

四目相对，刘璃瓦先弯眼笑了。

"你瞄我干什么？"刘璃瓦问他。

陈驰星抿着唇浅浅一笑，没有说话，他手背在身后，轻轻按着自己的指骨。

因为他没有回答，静默的对视里，刘璃瓦目光发烫，先扭开了头。

黄昏下，一切都静谧悠长，连两道并肩而行的影子都走得很慢、很慢。

九月底正式入了秋，天气逐渐转凉。

刘璃瓦加了一件淡紫色的开衫小毛衣出门，顺便将陈驰星上次留在她那的衣服带下来。

她戴了一顶淡蓝色的贝雷帽，短裙和马丁靴拉长了她的身高比例，显得十分苗条，刘璃瓦对自己的穿搭是非常满意的，但陈驰星非常不解风情，对她的“光腿神器”颇为嫌弃道：“这东西能保暖吗？不冷吗？”

“我不冷，这是套装。”刘璃瓦转了个圈，小挎包都飞起来了，追问他，“好不好看？”

陈驰星却老神在在地说：“在我看来你穿什么都一样。”

刘璃瓦差点没给他气掉鼻子。

“不解风情！”刘璃瓦“噔噔”走了两步，又停下脚步，愤恨地再次道，“朽木不可雕！”

陈驰星慢悠悠地走在她的身后，不仅笑她，还拿出手机拍了一张她气呼呼大步流星的背影。

小时候她像个没脾气的受气包，搓扁揉圆都可以，长大了“脾气”见长，连可爱也跟着翻倍了。

他在心里悄悄说。

今天不是双休日，夜市的人流量也一点不见少，整条街都人头攒动，陈驰星本来走在刘璃瓦的后面，怕被人群冲开，又走到了她的旁边，过了一会儿，人实在太多，都听不见彼此声音了，刘璃瓦便拽住了陈驰星的袖子，她一说话就拽一下，陈驰星就顺势附耳来听她说话。

后来街上人越来越多，摩肩接踵，陈驰星伸手虚虚环住了刘璃瓦的肩，既保护了她，又堪堪保持了距离，以免她尴尬。

明明是再熟悉不过的人，可在这杂乱的夜里，仿佛又成了另一个陌生的男人，他的体温离她那么近，让她心口的小鹿在没头没脑地乱转，可在她的心上，他又那么远，远到，她已经习惯了仰视他。

转了一小圈后，刘璃瓦提出想吃炒米粉，两个人便找了一家人还挺多的店吃东西。

在老板热情的张罗下，刘璃瓦点了一份鸡肉炒米粉，陈驰星点了一份牛肉炒米粉。

等待的间隙，陈驰星问刘璃瓦：“最近有什么计划吗？马上毕业了，是打算考研、考公、考编，还是想去私企？”

“还没想好是考公还是考编。”刘璃瓦一只手支着下巴，另一只手在桌上画着圈圈。

“有什么具体想法吗？”陈驰星问。

刘璃瓦微微抿唇，想了想，道：“我们可以考社工编、事业编，还可以考公务员，社工编是在社区工作，事业编和公务员就广了，事业编有教育、文化、卫生、社会福利等很多单位，公务员的话像我们专业的，去民政局的比较多。”

陈驰星点点头，附和说：“民政局也分很多科室，社会事务、社会福利、老龄办残联……各种。”

“是呀，所以很难决定。”刘璃瓦抬头问陈驰星，“你有什么建议吗？”

“社工编目前是个试点编制，还没有推广开，很多社区工作者都是没有编制的。事业编和公务员相对稳定，这两个比较，事业编考试简单一点，考公难一点，但是相对来说，公务员的发展空间和稳定性都更好，所以，利弊都有，还是看你自己的想法。”陈驰星顿了顿，又道，“当然，我个人倾向于公务员，往大了讲，这是很多工作的中心枢纽，起着承上启下的作用，往小了说，它与所有社会工作也都息息相关。”

刘璃瓦点点头，说：“有道理，我会仔细考虑的。”

“长市民政局归属省考，每年三月份报名，四月底考试，你想好了的话，从十月开始准备，一直到四月底，还有六七个月的备考时间，很充足了。”陈驰星提醒她。

刘璃瓦继续点头说：“嗯，我明白了。”

炒米粉端上来了，陈驰星抽出一双筷子用纸巾包着擦了一下，递给刘璃瓦，道：“先吃饭吧，回去再慢慢想，不管你选什么我都支持你。”

滚烫的热气氤氲，隔着雾气，她接过筷子，眼眶不自觉地有点发热，那是久违地感受到他依然站在自己身后。

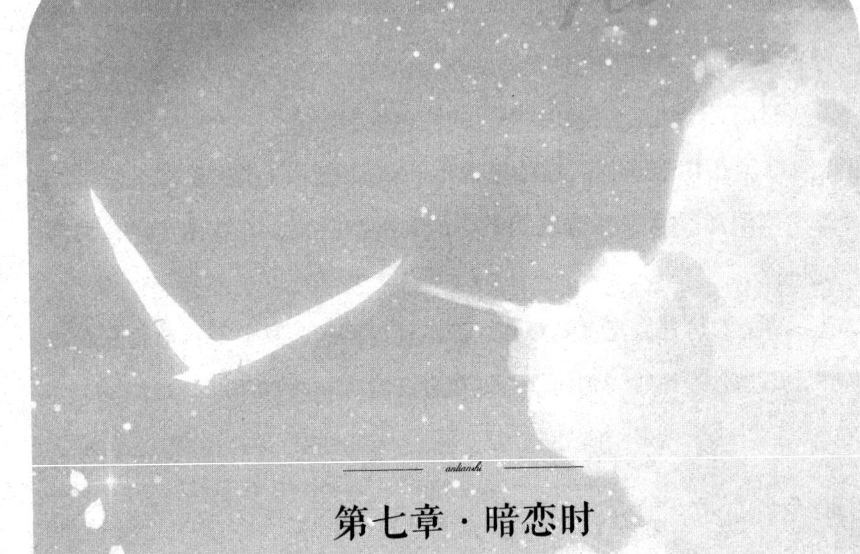

anlianshi

第七章 · 暗恋时

她比别人更珍贵，
要回头看一千次一万次才可以。

（一）

清晨拉开窗帘，竟然是一片朦朦的大雾天，想到要和陈驰星见面，她不由得在衣柜里挑选起衣服，选了半天才挑出一条白色连衣裙，出门时她不仅戴上了口罩，还有特地多拿了一个口罩。

可是计划总赶不上变化，陈驰星今天没有出现在她的楼下，她等了一会儿，有些不安地发了条信息问陈驰星到哪了，陈驰星说路上有点事耽误了，让她先走。

说不失望是假的，刘璃瓦还是振作精神，一如往常地先去孙奶奶家遛狗。

明明是和平常一样的距离，或许是天气的原因，又或许是心情的缘故，刘璃瓦牵着福宝跑了一会儿就觉得步伐沉重地快走不动了。

她蹲在福宝前面，摸了摸福宝的头。福宝好像也看出了她的心情不好，不撒欢地跑了，而是蹲下来用黑珍珠一样的大眼睛忧虑地盯着她。

刘璃瓦用手指梳了梳它的毛发，情绪低落，自言自语道：“福宝，你看，只有我会每天准时准点来带你玩，我也应该要给你洗澡了，你身上的毛都打结了……”

福宝摇着尾巴安静地听她碎碎念。

“你今天怎么这么乖啊，福宝？”刘璃瓦又揉揉它毛茸茸的脸颊。

福宝突然又兴奋起来，站起来朝着刘璃瓦的身后“嗷嗷”叫着，刘璃瓦忙抓紧绳子，回头朝身后看去。

一个人从大雾里走过来，雾色分明朦胧，她却一眼看出了那是谁。

在他走近时，她的脚尖在地上轻轻踢了两下，讪讪笑道：“我还以为你不来了呢。”

陈驰星站在离她仅有一臂之遥的位置，解释说：“过来的路上遇到一位老先生，和他聊了一会儿天。他要去花店买一枝花，我陪他等了等，七点的时候花店开门了，老先生买了一枝玫瑰，问我要买什么，我想了想，也觉得是要买点什么。”

刘璃瓦的眼睛微微睁大，心狂跳起来，她按捺着飞跃的心情，装作随意地问道：“那你买了什么？”

陈驰星微笑着说：“今天没有太阳，我看向日葵仍然鲜艳，就想起了你。”

他将花束从身后拿出来，是一束巨大的康乃馨和向日葵，刘璃瓦几乎快抑制不住心跳的异常了，她仍然不太相信地问：“是给我的吗？”

“是迟到的生日祝福。”陈驰星幽默地说。

哪有人迟到了几个月送生日礼物的呢？只是在借口后藏着一句真心话：我想要送你一束鲜花，这没有理由，如果一定要有理由，那我希望你，不止生日快乐。

“福宝我来牵吧。”陈驰星朝她伸手。

刘璃瓦将绳子递给他，忽然说：“今天会是个好天气的。”

“因为雾吗？”

她笑着先点头，后又摇头。

今天的雾会不会散她不知道，但是她的好天气已经来了。

这些天和她一个办公室的同事们都知道她和考察队的陈驰星走得很近，见他们今天还是一块来的，她又抱着花，有人便调侃地问她是不是在谈恋爱了。刘璃瓦脸红扑扑的，摇头回答：“我们是纯洁的友谊。”

同事小张长长地“噢”一声，又问：“现在是友谊，那以后呢？”

刘璃瓦郑重地将花束放在自己的办公桌上，认真想了想后，说：“我不喜欢说以后，以后是以后，现在是现在，如果让我选的话，我希望永远都能像现在一样。”

小张追问：“那你这是喜欢他，还是不喜欢他？”

刘璃瓦迟疑很久，才轻轻道：“没有不喜欢。”

没有不喜欢就应当是喜欢，在孩子的世界里很简单的答案在成年人的世界里却很复杂。

同事们都打趣起来，她想解释，但说不过那么多人，就只好不说了。

在大家善意的笑声里，刘璃瓦的手指在花束上轻轻拨了拨，那轻颤的叶片就像她此时的情绪，欢欣而又情怯。她不明白自己的心，也不敢去猜他的心。

下午下班，刘璃瓦践行承诺，在孙奶奶家的院子里给福宝冲澡。

福宝看见水就兴奋，刘璃瓦怕一个人按不住它，拜托陈驰星先给它冲水。

福宝有段时间没洗澡了，身上洗掉了一层灰水，洗干净后它一抖毛，水溅了刘璃瓦一身。

“福宝！”刘璃瓦虚张声势地拍了拍它的头。

福宝立马讨好地想来舔刘璃瓦，突然一股激水冲过来，把福宝冲了个倒仰，它茫然地看向陈驰星，刘璃瓦也看陈驰星。

陈驰星的一只手还搭在水龙头上，他晃了晃水管龇牙笑着说：“手滑了。”

福宝摇摇尾巴，又想来蹭刘璃瓦，一股水流又冲过来，这次连刘璃瓦都被冲到了，她惊叫一声，抬手一摸头发，满头都在淌水，她回头怒目而视，陈驰星立刻关上水，立正站好说：“对不起，这次真的不是故意的。”

刘璃瓦忍了忍，起身指着福宝对陈驰星恶声恶气道：“现在你过来擦。”

见刘璃瓦气汹汹的样子，陈驰星忙扔开水管举手投降，又侧身去看刘璃瓦的表情，问：“生气啦？”

“站过去！”刘璃瓦推他，把他推到了福宝的旁边。

陈驰星挽起袖子和裤腿蹲下身，拿起大毛巾朝福宝道：“不好意思啊，得委屈委屈你了，麻烦你配合一下。”

接着他直接用布一把覆住福宝，往它身上一顿擦。

正擦着，后脑勺一凉，陈驰星伸手一摸，一手的水，他一回头，看到刘璃瓦正拿着水管叉着腰笑得不行了。

“刘璃瓦！”陈驰星揪着湿透的后衣领喊她。

刘璃瓦晃了晃水管，憋笑说：“对不住啊，手滑了。”

陈驰星起身一个箭步朝她冲过来。

刘璃瓦赶紧喊：“你别过来啊！我开水了！”

陈驰星恶狠狠道：“你开啊。”

刘璃瓦撒腿转身就跑，还不忘朝福宝喊道：“福宝，咬他！”

陈驰星仗着手长腿长的优势一把揪住了刘璃瓦的马尾辫。

“痛痛痛！陈驰星！”刘璃瓦忙拽住头发，愤怒地回头道，“你给我撒手！”

“我根本没用力。”陈驰星言辞振振地说。

“行，没用力是不是？”趁陈驰星手一松，刘璃瓦跳起来就要去揪陈驰星的头发，陈驰星不用看就知道她想干什么，掌心一推，直接抵着她的额头把她推开。

“小矮子。”陈驰星说。

“陈驰星！你二年级的时候比我还矮！”

“噢，可是我现在比你高啊。”陈驰星的手臂伸得长长的，他的手忽然一松，没刹住车的刘璃瓦蒙头撞了上来。刘璃瓦的额头撞在他的肩膀上，“哎哟”了一声。

陈驰星扶住刘璃瓦，在刘璃瓦抬头看他时他猛地松开手，往后撤了一步。

刘璃瓦捂住额头，两眼泪汪汪地看着他，无声地谴责着。

“对不起。”陈驰星向她伸出手臂，“给你打回来。”

刘璃瓦不是气他这个，她也不知道在气什么，但她就是很恼火。

她抱住陈驰星的手臂，低头一口咬了上去。

陈驰星“嗷”的一声，惨叫出来。

她只咬了一下就松开了口，陈驰星把袖子拉上去，小臂上赫然两排齿印，他“嘶”了一声，道：“刘璃瓦，你不是属兔，你是属狗的吧？”

“兔子急了也会咬人！让你欺负我！”刘璃瓦在他的鞋上踩了一脚，愤愤给福宝擦毛去了。

陈驰星挥舞着手臂走到刘璃瓦的旁边，他蹲下身说：“改天我就去往这儿文个文身，天天露出来给你看。”

“你去文，文完我看你公务员体检怎么过。”

陈驰星挑眉说：“我什么时候说我要考公务员了？”

刘璃瓦手上的动作一停，拧着眉头问：“你没说过吗？”

“我没说过。”陈驰星道。

刘璃瓦转回头说：“那可能是我记错了。”

陈驰星不依不饶地盯着她，问：“你记成谁了？你们办公室那个赵珂？”

“可能是吧。”

“他是不是在追你？”陈驰星忽然说。

刘璃瓦矢口否认：“没有。”

“撒谎。”陈驰星道。

刘璃瓦瞪着他说：“我怎么撒谎了？”

“你说谎的时候不敢看人视线。”

刘璃瓦恼怒起来，道：“和你有关系吗？”

“刘璃瓦，不许和他交往，听到没有。”

刘璃瓦怒极反笑，问他：“赵珂怎么不行？我看他人挺好的，这你也能管？”

“他太矮了，撑死一米七三。”陈驰星说。

“他高不高的，关你什么事？一边去。”刘璃瓦推开他，牵着福宝往屋里走去。

“不许谈恋爱，听到没有，刘璃瓦！”

“你是不是有病，陈驰星？你再喊大声点，整栋楼都听见得了！”

刘璃瓦把门一甩，把陈驰星关外边了。

孙奶奶坐在沙发上织毛线，听到了他们俩的吵吵声，笑着问刘璃瓦：“吵架啦？”

“他就是有病。”刘璃瓦叉着腰，气成了茶壶。

孙奶奶斜眼睨着她，哼哼笑着说：“我看他是喜欢你。”

刘璃瓦的心猛一跳，很快又平静下来，她佯作不在意地说：“孙奶奶，我和他认识快十五年了，要能在一起早在一起了，他就是管得宽，咸吃萝卜淡操心！”

“十五年算什么，以后的十五年、二十年还多着呢……不早了，小瓦，你们要不留下来吃个饭？”

“不用了孙奶奶，我回去做饭，福宝带回来了噢。”

“好，好。”

刘璃瓦一打开门，发现陈驰星已经把院子都收拾好了，正蹲在门口，见门一开，他就眼巴巴地看过来。

他问：“还生气呢？”

“懒得理你。”

陈驰星拉住刘璃瓦的裙摆晃了晃，说：“别生气了呗。”

“回家吃饭。”刘璃瓦说。

“好嘞。”陈驰星立刻蹦起来，捶着刘璃瓦的肩膀道，“我给大厨打下手，洗菜择菜，洗碗。”

刘璃瓦板着脸，没板多久，“扑哧”一下笑了。

“高兴啦？高兴了我们就去超市吧，我今天看了那个芝士土豆泥的做法，特别容易。咱们去超市买点芝士和土豆，这次我做肯定不会翻车了。”

“别推着我往这边走，超市在那边！”刘璃瓦凶他。

现在正是饭点前，超市食品区人还很多，刘璃瓦和陈驰星围着食品区转了一圈也没看到有芝士。刘璃瓦拉着一个导购阿姨问了一下芝士在哪里，阿姨思考了一会儿，不确定地指着冷冻区说：“可能在那边，我带你过去看看。”

刘璃瓦将陈驰星安排给阿姨，指了指冰柜对陈驰星说：“那我先去那边买酸奶，等下过去找你。”

“好。”陈驰星点头，和阿姨找芝士去了。

刘璃瓦在冰柜旁转了转，拿了两瓶酸奶，正要走，突然在冰柜角落发现了几盒芝士，她拿起来看了看，发现就是陈驰星说的那种。她回头想去找陈驰星，发现陈驰星已经不知道走哪儿去了，她抱着酸奶和芝士在旁边等了等，没等到陈驰星回来，决定过去找他。

去找陈驰星的路上路过面包区，看到刚刚出炉的甜甜圈，刘璃瓦没忍住又停下来买了一个甜甜圈。

卖甜甜圈的导购还和刘璃瓦确认了两遍是不是真的只要一个，刘璃瓦想了想，陈驰星好像不吃甜品，甜甜圈吃多了会胖，她一个人的话，买一个甜甜圈尝尝就行了。

这么一耽搁，刘璃瓦到冰冻区的时候发现陈驰星也不在冰冻区了，她茫然地站了一会儿，正想着要不要打个电话给陈驰星，超市的喇叭响了。

“现在广播一条消息，请刘璃瓦小朋友听到广播后到一楼服务区，你的哥哥在找你，他非常着急。再广播一边，请刘璃瓦小朋友听到广播后……”

刘璃瓦的表情从迷茫到震惊只用了那么十秒，十秒后，刘璃瓦十分地、非常地、极其地想掐死陈驰星。

广播连续广播了三遍，刘璃瓦把电话打过去，劈头盖脸地问他：“你幼稚不幼稚啊，陈驰星？”

“你在哪儿呢？”陈驰星问。

刘璃瓦用十分“友善”的语气告诉他：“我已经结完账在外面了，三分钟内你没到我就去广播站叫你，陈驰星小朋友！”

挂断电话，刘璃瓦在食品区慢悠悠地转了一圈才去结账。

手机上出现第三个未接来电，刘璃瓦才接通电话，推开超市门朝超市外的陈驰星挥了挥手。

她甜甜地笑道："没让你久等吧，陈驰星哥哥？"

陈驰星看了看表说："十五分钟，不久，我以为你最少会让我等半个小时。"

刘璃瓦看见他两手空空，问："你进去转一圈，就什么都没买？"

陈驰星无奈地摊手道："对呀，没找到芝士。"

刘璃瓦笑了，说："我找到了，你叫句姐姐我就给你。"

"你比我小，刘璃瓦。"陈驰星说。

"但是我的心理年龄起码比你高出二十岁，陈三岁！"刘璃瓦晃了晃袋子，"叫不叫？不叫可就没了。"

陈驰星很快妥协了，嗲声道："刘璃瓦姐姐——"

刘璃瓦浑身鸡皮疙瘩肃然起立，陈驰星还要喊，刘璃瓦忙拦住他道："停停停，行了行了！"

她真是败给他了。

陈驰星在刘璃瓦家蹭饭蹭了好几天了，蹭得轻车熟路，一回去就挽起袖子准备做芝士土豆泥。

刘璃瓦现在对他的要求特别低，别说芝士土豆泥，能把土豆泥不做咸了就行。

两个人，三盘菜，两碗米饭，两盒土豆泥外加两瓶酸奶。

开饭前陈驰星非拦着刘璃瓦，让她先尝尝他做的土豆泥。

刘璃瓦问他："你怎么不自己尝尝第一口呀？"

陈驰星说：“最惊喜的一口当然要让你先吃。”

是惊喜还是惊吓真说不定，刘璃瓦还是很给面子地挖了一小口吃。

她皱着眉头仔细品了品，陈驰星眼巴巴地看着她。

“居然做得不错。”刘璃瓦的眼睛亮了起来，她挖了一口巨大的土豆泥递给陈驰星。

陈驰星笑了起来，张嘴咬了一口。

一秒钟之后，两人很是“惊喜”地对视了一眼，刘璃瓦默默扯了一张餐巾纸，把嘴里含着的土豆泥吐出来。

陈驰星拉开椅子奔向洗手间，没一会儿，刘璃瓦听到了他“呸呸呸”的声音，乐得不行了。

“和你说了少放盐少放胡椒粉吧，还不信。”刘璃瓦说着，拧开酸奶喝了一口，压了压嘴里又咸又冲的神奇味道。

都说近朱者赤，近墨者黑，刘璃瓦这才和陈驰星待了不到一个星期，就快被同化得“缺德”了。

做饭前还信誓旦旦和刘璃瓦打赌谁做得好吃谁不用洗碗的陈驰星，吃完饭后只能灰溜溜地去洗碗，而刘璃瓦一边拿着巧克力甜甜圈，一边指挥陈驰星去收拾厨房。

“要用洗洁精，你沾一点洗洁精，然后用抹布抹，再多擦几遍就行了。”刘璃瓦举着甜甜圈说。

陈驰星睨着她，问：“你手上拿着什么呢？”

“甜甜圈，没吃过吗？”

“没有。”陈驰星摇头。

“你活干得好，我就给你留一半。”刘璃瓦靠着厨房门优哉游哉地说。

“可以先给我看看吗？”陈驰星问。

刘璃瓦拿过去给他看，说：“就是巧克力，然后里面是特别蓬松的面包。”

“好吃吗？”陈驰星问。

“当然好吃了。”刘璃瓦肯定。

“我可以闻一下吗？”陈驰星又问。

“你闻一下吧，又闻不到味道……”刘璃瓦举着甜甜圈放在他的鼻子下面，话还没说完，就见陈驰星张开嘴，一口把甜甜圈叼走了，他抬头用嘴努力了几下，甜甜圈就三下五除二被他吃掉一半了。

那么大个甜甜圈，“啪”一下，没了。

刘璃瓦直接瞳孔“地震”。

被他饿狼抢食的行为惊到，刘璃瓦反应过来说的第一句话就是：“你慢点吃，别噎到了……”

陈驰星的脸颊都快鼓成仓鼠了，废了九牛二虎之力才把甜甜圈咽下去。

陈驰星原本想的台词是“不错，挺甜”，但被甜到齁后，只能说出一句话：“噎住了，有水吗？”

“活该！”刘璃瓦捶了他一下，还是接了一杯水递给他。

可能是因果报应，陈驰星吃完这个甜甜圈之后就不停地打嗝，他一打嗝，刘璃瓦就想笑，开始还憋着，后来就笑倒在沙发上了。

“知道什么叫报应吗，陈驰星？百因必有果，让你抢我东西！”

“别笑了，这打嗝怎么办？”

“我给你查查啊。”刘璃瓦抱着手机给他搜“打嗝怎么办”。

“这里有一个说可以分散注意力或者做深呼吸，你深呼吸试试。”

陈驰星深吸一口气，正憋着，突然又打了一个嗝，刘璃瓦人快笑瘫下了。

两个人又试了其他种种办法，打嗝还是止不住，眼看着就要九点了，陈驰星只好说：“算了，我先回酒店了。”

“好吧，路上开车小心。”刘璃瓦又叫住他，“哎，等等。”

“怎么了？”

刘璃瓦噼里啪啦地跑到厨房，拎起垃圾袋道：“垃圾麻烦带一下，谢谢！”

陈驰星无奈地笑道：“好吧，还有其他要扔的吗？”

“没有了。”

“那我走了。”

“哎，”刘璃瓦盯着他看了会儿，“你是不是没打嗝了？”

“好像是啊？”

“看来还是分散注意力最有用。”两个人对视片刻，刘璃瓦张开手指轻轻朝他挥了挥手，“你回去吧，明天见。”

他笑着，凝视着她，温声说：“嗯，明天见。”

（二）

周末社区双休，考察队原定是今天走的，因为一些收尾工作多耽搁一天，陈驰星完成自己的工作后请了半天假，他说他以前在安镇长大，这次想回以前的地方走走，杨书记便也同意了。

陈驰星是和刘璃瓦约好了一起去以前的小院看看。

刘璃瓦和他说过小院早就面目全非了，附近修了高速路，建了新楼房，原来的小院都快找不着了，但陈驰星非要亲自去看看，刘璃瓦拗不过他，就和他一起去了。

乘坐的是公共交通工具，以前五毛钱一次的老破小公交车也换成了宽敞的新能源汽车，刷一次卡一块二毛钱，公交路线也变了，很多站名都改了，熟悉的站名只有“秋潭学校”和“塘院”两个了。

“塘院”就是小院所在的地方。下公交后走过一条长长的挨着爬墙虎的林荫小道，转弯往前走，十来步路就到了小院。

不过就像刘璃瓦说的那样，小院已经全然不同了。

一片都被推倒建起了新房，高高的楼房取代原来的平房，连遗址都没有了。

刘璃瓦见陈驰星一直站在楼外看着高楼，扯了扯他的袖子，陈驰星回过神来看着她，刘璃瓦道："虽然小院没了，但是银杏树还在的，你跟我来。"

她从手脚架旁边穿过去，绕到高楼后面，楼后就是被围起来的树。她钻过围着的封条，环抱住了银杏树，对陈驰星解释道："它已经有一百多岁了，所以政府把它保护了起来，不允许开发商动它。"

银杏树高大茂盛，似乎也知道老朋友来了，发出了飒飒的响声。

陈驰星环顾四周，却没有刘璃瓦的乐观，他低声道："这棵银杏树也活不久了。"

刘璃瓦愕然问："为什么？"

陈驰星也从保护条下钻了过来，拍了拍树干，说："四面都是楼，挡住了光，最多两三年，它就会死。"

"可它是古木，不应该被保护好吗？"

"楼已经建起来了，再怎么开发商也不可能为它拆了房子。"陈驰星平静地说。

"那怎么办？把树挪出去可不可以？"

"有句谚语叫'树挪死，人挪活'，这种已经几百年的树，要从一个地方挪到另一个地方，就要大幅度修枝，还要断根，再这么一挪，树就很难活了。"

“小院没了，小楼没了……只有它了，就没有其他办法了吗？”刘璃瓦快被他说哭了。

“也不是没有其他办法……”陈驰星抬头看了看四周的手脚架，伸手在四栋楼中间比了一下，“我刚刚看了一下，这四栋楼是一个连通的‘回’字形设计，如果能在中间做一个中空的回廊设计，保留四根承重柱和两面承重墙，阳光就能进来了，不过肯定是要牺牲一定的建筑空间的。”

刘璃瓦在脑子里想了一下陈驰星的提议，说：“听起来就不太容易。”

“是不容易，不过我尽量努力一下。”

“你？真的吗？”

“我先和上面反映问题，有必要的话我会做一份图纸，杨书记应该能和林业还有园林局都能打上招呼，但我不能确定这件事一定能做到像我说的这样简单。”

“陈驰星，”刘璃瓦很郑重地叫他，告诉他，“不管最后会不会成功，我和银杏树都谢谢你，如果有我能帮上忙的地方，请一定要告诉我。”

陈驰星先被她的郑重其事弄得一愣，而后他笑了，说：“它不只是你的银杏树，也是我的，是我们小院的，有它在，我们小院的记忆就一直都在。”

银杏树挂过刘璃瓦的秋千，树枝上还有着绳索的痕迹，银杏树下还有奶奶经常摆过的长椅的痕迹，印出四道白印。

只看着银杏树，身后就仿佛还是小院。

银杏树见过楼起，也见过楼塌，数百年的更新迭代，对数百年里的人来说，银杏树就是他们的记忆，银杏树在，小院在，过去的回忆便也在。

陈驰星身上经常挂着一台相机，不是一台专业的人像相机，也不是一台专业的景物相机，就是一台数码傻瓜相机，巴掌大，用的时候只要按开关就行。刘璃瓦之前不知道这台相机是用来干什么的，现在陈驰星用这台相机拍起了四周的楼，刘璃瓦才后知后觉明白这台相机的作用。

原本以为能帮上什么忙的刘璃瓦在一堆专业的建筑术语和高深的数学运算里晕头转向，好在陈驰星只是一边拍一边自言自语，并不是真的在和刘璃瓦讨论关于楼的建筑问题。

从楼里走出去，刘璃瓦和陈驰星又去了秋潭学校附近。

双休日，学校附近的学生并不多，刘璃瓦在小吃店买了两个一块五毛钱的双色冰激凌。

学校里是进不去的，只能在学校外走走，透过围栏网能看到学校里的样子几乎都没有变。

教学楼还是那个教学楼，篮球场还是那个篮球场。

刘璃瓦指着篮球场说："我记得你以前放学经常在那边打篮球，

最晚的一次打到了晚上八点多才回去。”

“嗯，我想想，我记得有次体育课，你去卫生间……”

刘璃瓦瞪圆了眼睛，不知道是想起了什么，她跳了起来，道：“不许说！”

陈驰星看她，说：“为什么不能说？”

“不许！反正就是不许说！”

“噢，是怕我把你走错卫生间的事说出来吗？”

刘璃瓦愣然了一下，说：“走……走错卫生间？”

“怎么，你忘了？我可还记得呢。”陈驰星欠欠地说。

刘璃瓦一时慌张，脱口而出：“才不是这件事！”

“不是这件事，那是哪件事？”陈驰星摸着后脑勺想了想，一时没想起来。

“没有哪件事，我乱说的。”刘璃瓦赶忙说。

陈驰星狐疑道：“还有什么事比你走错卫生间更尴尬？”

刘璃瓦立马否认：“没有了！”

“你越这么说我就越觉得有什么事……”

“你不要想了，那边有家零食店，我们去买零食吧！”刘璃瓦推着陈驰星，把陈驰星推过马路，推进零食店。

在她看不见的地方，他笑着，眉目疏朗。

她一进去就拿起小篮子开始疯狂扫荡，而陈驰星在里面逛了逛，只在冰柜里拿了一根一块钱的碎冰冰。

刘璃瓦结完账，看到陈驰星已经站在门口，扼断碎冰冰吃了起来。

她忍不住笑道："你好幼稚啊，陈驰星！"

"拿着。"陈驰星把碎冰冰长的那一半递给她。

刘璃瓦接过碎冰冰，不爽说："碎冰冰明明是短的那头更多。"

"短的拿着冰手，长的捏着下面不冻手。"陈驰星朝她伸手，"东西给我。"

刘璃瓦把零食袋子递给陈驰星，陈驰星夸张地把手往下一压说："哇，刘璃瓦，你是买了多少零食啊？"

刘璃瓦难得有些不好意思了，抿着碎冰冰含糊说："就一点点。"

陈驰星斜睨她，说："是'亿'点点吧，这得赚多少钱才养得起你。"

"又不用你养，你管得着吗？"刘璃瓦冷哼一声。

陈驰星笑着，背着一只手，不说话了。

街道漫长像没有终点，四周都是既熟悉又陌生的风景，当风吹起时，饰品店门口的风铃"叮叮当当"作响，好像又回到了很远很远以前的夏天，那个时候他们也是像这样走在街道上，和现在走着相反的路，背着书包，带着笑，擦肩而过，走向过去的童年。

陈驰星的脚步停了停。

走在前面的刘璃瓦回过头来，朝他招手说："走啊，陈驰星！"

话语像和童年重叠，他和童年的自己擦肩而过，走向新的，而她依旧在的未来。

“走路要慢慢走，蹦蹦跳跳的，你今年三岁吗？”陈驰星慢悠悠地说。

刘璃瓦背着手倒着走，边走边说：“我有时候觉得你才三岁，有时候又觉得你应该有七八十岁了……咦，奇怪，我怎么觉得这句话我说过了。”

“可能，你上辈子说过吧。”陈驰星一步一步朝刘璃瓦走过去。

阳光落在她的头顶，光点跳跃，她弯起眼睛，笑着，风吹起她的裙摆和长发，小小的虎牙若隐若现。

他的过去和未来都和一个叫刘璃瓦的女孩有关，可她这样毫无顾忌地朝他笑着，让他觉得自己心里那些越界的心思像一种亵渎。

他像亵渎了阿尔忒弥斯的阿克特翁，长出鹿角，说不出话，被群狗追逐——当然，这一切都只是他内心煎熬的想象。

他仍站在这儿，站在她的身边，却不敢伸出一只手去勇敢地牵她的手，怕她如阿尔忒弥斯那样向他进行审判，而他无处可逃，他只能将手背在身后，一如往常地，和她说着话。

“陈驰星，你相信人有前世今生吗？”刘璃瓦突然问他。

陈驰星想了想说：“前世今生，我觉得与其说是真实存在，不如说是对我们人生的一种美的说法，你看过席慕容的诗《回眸》吗？”

她摇头，他便循循念给她听。

他们以前也像今天这样，他在说，而她在听。他总有无数新奇的故事，让她沉浸在一个又一个梦里，后来他走了，梦醒了，好多年了，她再没听过另一个人为她说故事，和她念诗了。

别人做来，或许流于酸腐，或许刻意做作，但他总是这么自然，这么信手拈来。

陈驰星笑着说："我不知道人会不会有前世，但我觉得，前半生回头看过五百次的人，怎么也应该住进心里了。"

"那如果，看了五百次还是没有住进他的心里呢？"刘璃瓦问。

陈驰星顿了顿，回答："那可能是，她比别人更珍贵，要回头看一千次一万次才可以。"

刘璃瓦低头挽起了鬓发，悄声说："被你喜欢的人一定是很幸运的人。"

"其实，我才是很幸运的那个。"陈驰星笑起来了，明媚的阳光在他的脸上舒展，让她目不转睛。

看到公交车开过来，陈驰星拉起刘璃瓦的手臂，道："走了，车来了。"

刘璃瓦随着他跑了起来，她看着他被风吹起的衣摆，不自觉地也笑着。

尽管她一直一直都只是跟在他的身后，但他仍然在她世界的角落里，哪怕只做朋友，也很好很好了，不是吗？

小院虽然变了，但刘璃瓦家的诊所还在，而且规模不断扩大，现在已经扩大到四五间门面打通，有社区医院的规模大小了。

刘璃瓦答应陈驰星要带他回家吃饭。黎明社区租的小房子当然不能算她的家，只是她的一个临时住处，她的家还是在父母这儿，而且因为小院拆迁，现在奶奶也搬到诊所来住了。

诊所后面的房子不再是仓库，而是装修成了真正的家，奶奶的躺椅，刘璃瓦的秋千、小木马，甚至陈驰星放在刘璃瓦家的东西也都在。

小院没了，银杏树也不在，但老物件在，奶奶也在，童年也就还在。

陈驰星一进门就受到了刘璃瓦父母的热情欢迎。

先是刘璃瓦的父亲震惊地仰着头道："你是陈驰星啊？都长这么高个了！记得你小时候我还牵过你，就这么一点点高，才到我的腰，现在都已经比我还高出一截了！"

刘璃瓦的母亲喜不自禁地道："听说驰星现在在燕湖大学读大学？读大几了？"

"阿姨，我和刘璃瓦一样，今年大四了。"

刘璃瓦妈妈合掌道："大四了，那可都要毕业了，工作找好了吗？"

"可能就在长市规划局吧。"陈驰星说。

“规划局好啊，我们家小瓦就想去民政局，到时候隔多近啊，一块上下班，多方便不是。”

刘璃瓦震惊道：“妈！我什么时候说我要去民政局上班了？”

“你考民政局的公务员啊！我还不知道你，天天想着搞你那个社工，到时候你们一个搞扶贫，一个搞建设，多好啊！孩子她爸，你说是不是？”说完拍拍刘璃瓦的父亲的手臂。

刘璃瓦的父亲忙道：“对对对，哎，别光站着说话了，咱们里边坐吧。”

“爸，奶奶呢？”刘璃瓦问。

“奶奶知道你要回来，一大早就去菜市场买这买那的，现在肯定在厨房呢。你和你妈先回去，我把前边的事处理好就回来。”

“好，那爸，您快点。”

刘璃瓦挽着母亲的手，高兴地一蹦一跳地往家里走。

刘璃瓦的母亲杵她，嗔怪说：“你看驰星拎那么多东西，你也不去帮帮忙？”

“哎呀，我说不用买他非要买，买了还要我提，我才不提。”刘璃瓦回头朝陈驰星吐了吐舌头。

刘璃瓦的母亲拍开她，热情地朝陈驰星伸出手，说：“驰星，来就来，还带那么多东西，这么多年没见，是不是生分了？”

陈驰星脸上的笑容一直没有消失过，摇头道：“叔叔阿姨就像我的亲爸亲妈，看着我长大的，怎么会生分呢？”

“哎，这就对了，下次来啊，人来就行，不用带礼，来来来，快家里坐。”

刘璃瓦的母亲招呼着陈驰星，刘璃瓦扬声喊着：“奶奶！”

奶奶从厨房里走了出来，看到陈驰星，她愣了一下。

没有客套，也没有寒暄，她边擦着手，边温声说：“小瓦、驰星，都回来了。”

就这一句话，陈驰星的眼眶就有些红了，他叫道：“奶奶。”

“哎，我们驰星还是和以前一样，一点都没变。”奶奶笑着说。

在小院里，除了刘璃瓦，陈驰星最熟悉的人就是刘奶奶，

陈驰星离开小院的时候已经上高中了，刘奶奶可以说是看着他长大的。

刘奶奶给他做过饭，带他洗过澡，像他自己的奶奶一样照顾过他。炎热的夏天没有电，没有风扇，他和刘璃瓦睡在院子银杏树下的小榻上，有时候他会被阳光晃醒，一睁开眼睛就看到刘奶奶躺在躺椅上，闭着眼睛，手上还不忘轻轻地给他们俩扇着风。

微风习习，他趴在小榻上，看着刘璃瓦睡得像小猪一样的脸就忍不住笑，闭上眼睛笑着笑着，在凉风中就又恍恍睡过去了。

近乡情怯，回忆涌上心头，他不免湿润了眼眶。

原来不管小院还在不在，只要故人在，故乡就在。

刘璃瓦一回来，家里的饭桌上就充满了欢声笑语，现在再加上一个陈驰星捧哏，还没开餐大家就已经乐得合不拢嘴了。

“那个高空抛物的男的还特别厉害，我们开始敲门他不答应，听到我们说要报警他才来开门，一副‘我就扔了，你能拿我怎么着’的态度，陈驰星就往他面前一站，那男的个头还没陈驰星高，就这么从下往上看陈驰星，一看来人比他高，立马就怯了，说再也不扔了，太逗了。”

听刘璃瓦讲故事似的说着自己的经历，家里人都跟着笑，陈驰星也笑着，眼里却有淡淡的心疼。

他想，过去的那些日子里，她是不是也像今天这样，把受过的委屈，哭过的事情都用笑的方式讲给家里人听。

那个喜怒都挂在脸上的小姑娘，也还是学会报喜不报忧了。

陈驰星在刘璃瓦家待到很晚，他起身告别时，刘璃瓦的父母还试图挽留他在家里的客房睡，可他们考察队明天必须得走了，而他也不得不走了。

刘璃瓦送陈驰星出去，还是过去一模一样的路，只是诊所外的马路拓宽了，以前破旧随意的公交停靠点建了新站台了。

都说物是人非，她却常常觉得是人是物非。

走出诊所，刘璃瓦问他：“你们明天就走了吗？”

“对。”陈驰星点头，“下次你来长市可以找我玩。”

长市和安镇说近不近，说远不远。

她仰头看向夜空，今天的夜晚竟然有繁星点点，星辰的光芒聚集，连月光都失了色，她轻声说：“好久没见过这么多星星了。”

“以前在小院的时候有很多星星，从窗口往外看去还能看见星座。”陈驰星附和。

这是独属于他们的回忆，他们相视一笑，许多话便也在不言之中了。

陈驰星打了车，车来了。刘璃瓦目送他上车后道：“到酒店了发个消息给我。”

“好，晚上冷了，快回去吧。”陈驰星温声说。

刘璃瓦退开一步，朝他挥挥手，目送他离开。

一直看到车开了很远很远，刘璃瓦才回头往家里走，走到门口她才发现父亲和母亲都站在门口看着他们。

她有点窘迫，又觉得刚刚没什么，便问他们：“看什么呢？”

“看我家小瓦长大了。”刘璃瓦的父亲笑着拍拍刘璃瓦的头，“快回去早点睡吧。”

今晚的星辰如同编织出来的一场过去的美梦，刘璃瓦阖上眼睛，在梦里仿佛又回到了童年的夏天，淡淡的花露水味道，窗台打开，风轻轻吹着，吹得蚊帐微微鼓动，吹起她的头发，落到了陈驰星的脸颊上。

他们仍是青梅竹马，两小无嫌猜。

第二天一早六点钟，刘璃瓦就起床了，她轻手轻脚地洗漱，蹑手蹑脚地提起鞋子，关上门，站在门外穿上鞋子，时间还早，她朝着公交站台走去。

第一趟车是六点半，刘璃瓦等了几分钟车就来了。

车上有一些早早出门的老人，听着他们寒暄，刘璃瓦也觉得很有趣。

一个说："您老这么早就去钓鱼啊？"

另一个说："这叫作勤劳的鸟儿有虫吃。"

那个笑起来，道："我看那河里的鱼都还没您醒得早呢！"

公交车在桥头停下，老人戴着草帽，拎着鱼竿、鱼筐下车。

刘璃瓦顺着他的背影看过去，河岸边已有了三两个钓鱼的身影，约莫是好友，老人朝他们打了招呼，也在河边坐下。

车开动了，河边垂钓老人的身影逐渐缩小成了一个点，她微微笑着，内心那莫名的焦灼，已被这清晨的宁静与祥和疗愈。

七点多，她到了黎明社区，社区门口的保安叔叔朝她打招呼道："小瓦，怎么今天双休也起得这么早？"

"我来送朋友，您吃了吗？"

"噢，送考察队吧！我吃了的。"

手机响了，刘璃瓦扭头翻包，正想着是不是家里打来的电话，就看到了屏幕上"陈劣"两个字，她有些诧异地接通了电话。

“喂，陈劣。”

陈劣开门见山地问：“瓦妹，下周末有时间吗？”

“应该有吧，怎么了？”

“下周不是国庆嘛，你要有时间我带你去海边玩？”

刘璃瓦无奈地笑着说：“大哥，你大学四年还没看够海呀？”

他们学校就在海边，从学校走到海边只有几分钟，站在宿舍楼顶就能看见海，海对他们来说可一点都不稀奇了。

陈劣说：“我的游艇到了，叫你过来暖暖场子，来不来？”

“我就说你怎么心血来潮的……下周是国庆，我不知道会不会有事要忙，有时间的话我提前打电话告诉你。”

“行，给你留着位置，有时间就来玩。”陈劣又补充了一句，“我去安镇接你。”

“谢谢你啦！”

刘璃瓦走到社区办公室门口，发现门开着。她进去看了看，会议室里有声音，应该是有人在开会。她和陈劣又说了几句话就挂断了电话。

还没人下来，她进了自己的办公室，索性把前一天没做完的工作做了。

不一会儿，会议室的门响了。刘璃瓦探头往楼梯口看，意外看到王主任和考察队的杨书记往下走，后面跟着考察队的其他人，陈驰星也走在中间和工程师说什么，几个人神色都比较严肃。刘璃瓦在办公室犹豫了一下，还是站起来，朝王主任道：“主任，早上好。”

王主任惊诧道：“小瓦，你什么时候来的？”

“刚刚到的，想着还有一点事没做完就过来做一下。”

“哎呀，放假就好好放假，我等下就关门了。”王主任说着摸了摸衣服兜，摸了个空，懊恼道，“我又把钥匙放在会议室了。”

刘璃瓦很有眼力见道：“我帮您上去拿吧。”

“好，我就先送杨书记他们走了。”

刘璃瓦往楼上走了几步，遇到陈驰星，陈驰星也正看着她，她本来想说些什么，但这里现在人太多了，她张了张嘴，想说的话又没有说，最后她只抿着嘴笑了一下，往楼上去了。

王主任的钥匙就在会议桌上，刘璃瓦一拿钥匙就准备下楼，忽然听到了楼下汽车发动的声音。

她心里一急，拧开会议室阳台的门，在阳台边往下看，发现其他人都已经上车了，只有陈驰星还站在车旁。

刘璃瓦站在二楼阳台，一句“陈驰星”脱口而出。

九月的桂花飘香，风一吹，细小的桂花随风散落。陈驰星随着声音抬头看向她，眼里满是温柔的笑意。

刘璃瓦抓紧了阳台栏杆，心怦怦跳得飞快，举起手机说：“我们电话联系。”

陈驰星扶着车门的手这才松开，他笑着点点头，终于上了车。

第八章 · 奔赴时（上）

“阳光明媚，万物可爱。”

（一）

接下来的一个星期，社区没有因为考察队的离开而有所轻松，临近国庆节，刘璃瓦马不停蹄地跟着王主任四处跑了起来。

社区有专门扶助贫困地区的任务，而且还是党员一对一帮扶，九月底王主任就带着刘璃瓦进山搞回访，山里信号不好，一进山刘璃瓦就失联了，只来得及和家人、朋友说一句过几天再联系。

刘璃瓦以前有过支教经历，所以对山里条件的艰苦也有心理准备，但这次她不再是老师，而是以学生的身份来学习的。她跟在王主任的身后，看王主任怎么和乡里乡亲打成一片，鼓励儿童好好向学，又是怎么深受大家的喜欢的。

王主任说话没有华丽的辞藻，都是很朴实的语言。她和村民聊房子，聊生产和养殖，和小朋友们说故事，聊童年，没有一点架子。刘璃瓦跟着她学到了很多很多课本里学不到的知识，包括为人处世的方法、说话的艺术，更重要的是，待人要有一颗真诚的心。

一路千辛万苦，有时候不得不走好几里的路到另一户人家去。刘璃瓦就会无限感激祖国修桥铺路的建设。王主任说以前这边都是山坡上泥泞的小路，平常走都容易摔跤，要是下点小雨，那路更没法走了，能摔得人满身都是泥，现在修建了水泥路，大道宽敞，村与村之间的联络往来也方便了，想想这些，刘璃瓦就无比感激祖国修桥铺路的基础建设。

现在这些贫困地区都大不一样了，不仅有党员帮扶，还有扶贫干部驻村，很少有没水没电家徒四壁的家庭了，村村都有电，路铺到家门口，家里再怎么穷的也拾掇出来点样子。

都说扶贫先扶志，村里的干部，还有王主任都鼓励村民去搞种植或者养殖，没钱的可以先找扶贫免息贷款，不想待在村里的年轻人就可以外出务工，对待在村子里的孩子则是鼓励他们上学，就这样在一个个贫穷偏僻的小山沟里，脱贫的人越来越多，有越来越多的人回村建起新楼房，自发地铺路修路了。

大四是人生比较迷茫的一个阶段，即将踏入社会，又还没完全踏入社会，摆在面前可供选择的路错综复杂，难以抉择。刘璃瓦有时候觉得就留在社区，工作累点忙点，但也习惯了，只不过家里人虽然不会左右她的选择，但多少是希望她能往外走，去更好的单位。

刘璃瓦在路上把自己的迷茫说给了王主任听，王主任问她："这一个月你在我们社区感觉怎么样？"

"还好，没有感觉特别困难的工作。"刘璃瓦说。

王主任又问："那你觉得你有不可替代性吗？"

刘璃瓦想了想，自己现在做的都是类似文秘的工作，不是跑腿就是做会议记录和汇总文件，都没什么难度，她迟疑了会儿，摇了摇头说："我没有觉得自己不可替代。"

王主任点头道："这就对了。你们现在不比我们那个时候，我是鼓励你们这些年轻人有能力就走出去多看看外面的世界的。"

"可是我怕自己到不了更远的地方。"刘璃瓦有些挫败地说。

"不去尝试怎么知道你不行呢？哪怕一次机遇没抓住，也还有其他选择，学校到了明年也还有春招，日子年复一年总要过去的，有个奔头总比茫然地等待着毕业要好。"

刘璃瓦小声地说："而且我不知道以后的工作适不适合我……"

"小瓦，"王主任语重心长道，"你是一个善良单纯又有责任感的孩子，我不知道你的家庭环境是什么样的，但看你的为人，我想你的成长环境一定是很单纯美好的。可一个人的一生不可能总是顺风顺水，你未来必然要走向一个多样而复杂的社会，你不能因为适应了当下的环境就选择安于现状，生活也不会因为你安然度日就给你一片坦途的。"

刘璃瓦听明白了。

的确，在人际交往上，刘璃瓦总是喜欢把人想得很简单，一不小心就会掉入别人的圈套。从小到大，刘璃瓦很少被骗，是因为她很幸运地遇到了很多善良的人，她很感激。

“人生的路就像这蜿蜒崎岖的山路，”王主任笑着说，“有人已经铺好了路，往前走就容易了，而那些杂草丛生的土路，走得人少，因为摔得跤要多，但也总会有人去走。可不管是走哪条路，这些路走到终点都是为人民服务。”

听王主任说完，刘璃瓦心里的困惑一下被扫开了。她道：“王主任，我听你的，我尽力了，我不后悔就行。别的路走不通，我就回来走脚下的路。”

王主任微笑着反问她：“你连走脚下的山路都不怕，走别的路又有什么难的呢？”

刘璃瓦抿着嘴，不好意思地笑了。

这一次聊天坚定了她要考长市公务员的心，她拒绝了陈劣的邀请，也没有去长市找陈驰星。

从十月份起，她摸索着查找资料，了解公务员考试的详情，还买了教辅资料和网课，开始了边上班边学习的生活。

她和陈驰星的关系没有因为距离而再次疏远，相反，因为陈驰星也想考回长市的规划局，他们有着相似的目标，开始了一起“云复习”的日子。

他们白天各自上班，有时候会互相吐槽一下今天遇到的奇怪的人或者事，到了晚上就开始一起学习，学习时聊天也并不多，很多时候发一条消息过去问对方“学到哪儿了”，过了一个多小时，对方才回复现在进度在哪个地方了。但正是因为聊天不多，他们才感受到对方复习的专心致志，两个人较劲一样你追我赶，一直到十二点，互道一声“晚安”，结束忙碌的一天，开始休息。

这样的日子一直持续到了实习完三个月，刘璃瓦拿着王主任对她高度评价的实习鉴定表和同事们送的一些小礼物返回学校。

她和赵珂是一起去车站的，在候车站等车的时候，赵珂突然说很佩服她。

刘璃瓦不明所以，问他：“佩服我什么？”

“佩服你在这么忙的几个月里还每天都能搞学习。”赵珂说。

刘璃瓦有点不好意思地说：“你怎么知道的？”

“我听到你晚上背书的声音了。”赵珂眨眨眼，“这两个月每天晚上你都是十二点熄灯的，我真的很佩服你这种恒心和毅力。”

刘璃瓦吐吐舌头道：“我比别人笨，只好勤能补拙了。”

听她这样说，赵珂都忍不住笑了，说：“你这种名校的都说自己笨，那我这种的岂不是得差成什么样了？”

刘璃瓦连忙摆手解释：“我不是这个意思……只是我从小到大都没有特别特别优秀过，而且很努力很努力好像都一直和走在我前面的人有差距，所以我有时候就会想，可能是因为我真的笨一点吧。”

“不是你笨，只是人外有人，山外有山，走在你前面的人抬头看，前面肯定也还有更多的人，他们难道就笨了吗？”

刘璃瓦想了想道：“你说的也有道理。”

刘璃瓦和赵珂一起坐火车到长市，到长市后就要分道扬镳了。

一路上赵珂照顾她颇多，让她坐靠窗的位置，帮她放行李箱，一直到火车站门口，赵珂的学校就在长市，而刘璃瓦要坐高铁转去在外省的学校。

赵珂问她要不要送她到高铁站。看他自己还提着行李呢，刘璃瓦赶紧说不用了。

赵珂回头看火车站，又看了一眼刘璃瓦，沉默了一会儿，他笑着说：“我们的人生总是短暂相逢又各奔东西，不知道以后还能否再见面，我预祝你一切顺利。”

“你也是，毕业顺利。”

赵珂送刘璃瓦上了车，汽车开动后刘璃瓦回头去看，赵珂朝她挥了挥手，然后拖着行李箱走了。

车外的风景恍然而逝，身后的人渐渐成了不可见的缩影。

人生中的很多相遇都是如此，萍水相逢，有了一段缘分，而后又各自走向不同的路，志同道合的成了朋友，各有前程的成了过客，但我们永远记得他们，并在某些时刻还会回忆起他们。

深市临海，刘璃瓦的学校就在岛上，四面环海。车门一开，闻到熟悉的海水的咸腥味，刘璃瓦一路的疲惫一下被一扫而空了。

下高铁站，坐车去渡口，然后乘船上岛，刘璃瓦给家里人发了条消息，说自己已经到学校了。

陈驰星早在一个星期前就返回了学校，看到刘璃瓦的消息，便问她那边的天气怎么样。

首都早在一个月前就入冬了，前不久下了第一场雪，皑皑的白雪深得能埋到人的小腿上。

刘璃瓦发了视频通话过去，陈驰星很快接通了。他正在图书馆，接了视频后他比了个“嘘”，起身离开自习室，走到了图书馆的阳台外。

屋内有暖气，外边是寒风朔朔，陈驰星将手机摆在阳台的拐角处，用围巾围上脖子。

刘璃瓦新奇地看着他那边飘雪的画面。

南方不经常下雪，有也是很少的雪粒，深海大学冬季平均气温也在 10℃以上，更加没有雪了。

“你那边这么冷啊？”刘璃瓦说。

陈驰星举起手机调了下摄像头，给她看图书馆楼下白雪皑皑的场景。刘璃瓦无比嫉妒，语气酸酸地说：“好羡慕你们，能看这么大的雪。”

“等你站到这冰天雪地里就不会觉得雪美了。”陈驰星无奈地道。

天气的寒冷给复习都增加了不少难度，一个是图书馆里的人更加多了，还有一个是晨起出门更难了。

刘璃瓦也给他看自己这边的风景，她伸手指了指，道："那里就是海，海边还有人穿短袖，我多穿了一个外套，现在已经觉得有点热了。"

陈驰星那边是白雪一片的风景，刘璃瓦看不到他的脸，但听到了他幽幽的声音说："我也想来看海啊——"

刘璃瓦乐不可支道："你来呀，我们这边来旅游的都不用带羽绒服，穿一个长袖就够了。"

陈驰星又转了下摄像头，转向自己。他用围巾捂住了鼻子和下巴，短短的头发被风吹得支楞八叉，连睫毛都在风中颤抖。

"等我把这个项目做完就来。"陈驰星承诺。

他们的毕业课题和论文刘璃瓦都觉得太难了，自从他回到学校后，看他每天不是在画图纸就是在画图纸的路上。

可见哪怕是"学霸"们都逃不过和导师反反复复的拉锯战，交稿，不行，改，一改二改三改……

知道他学业繁忙，刘璃瓦把陈驰星说的话当开玩笑，一直到明年三四月份前，陈驰星肯定都是没时间出来玩的，毕业论文和复习备考，还有其他七七八八的一些事，寒假倒是能回去过个年，为了和春运大军错开，也得错峰出行。

不过她还是道："你有时间可以过来玩，保证给你安排得妥妥的，各种旅游景点都能带你转一圈。好了，不说了，你那边太冷了，你去搞学习吧，我也回宿舍了。"

陈驰星的眼睛弯着，睫毛眨着。刘璃瓦不知道他是不是在笑，她摆摆手，挂断了电话。

十二月的首都雪真大，陈驰星只在外面站了一会儿，身上就沾了一层雪，他却不觉得冷，想到刘璃瓦那边阳光明媚，海浪翻腾的风景，他倒也觉得温暖起来了。

（二）

刘璃瓦回到学校，宿舍其他三个人都早早已经到了，她们都在学校不远的地方实习，只有刘璃瓦跑出了省，她一回来，室友对她又搂又抱，都说想死她了。

刘璃瓦给室友们带了安镇的特产，一些果干和茶包，没一会儿就被扫荡完了。

之后宿舍又组织了聚餐，就这样热热闹闹了一天，刘璃瓦重新回到学校开始平静的学习生活。

他们大四虽然课少，但还是有课的，从他们实习完回来的一周开始就每周都有一节必修课和几节公共课，一直到十六、七周进行期末考查。

比起忙得脚不着地的陈驰星，刘璃瓦就安逸很多，写写实习总结，上上课，再复习复习考试。

她是一个有了方向就不会再去想东想西的人，但她的室友显然比她烦恼得多——有人觉得自己的简历不漂亮，怕找不到好工作，每天焦虑得不行；也有人已经拿了几个 offer（录取通知）了，正在左右抉择；还有决心要考研深造的，也每天埋头在图书馆苦干。

突然从忙碌的实习生活里走出来，刘璃瓦有时候都会觉得有点过于悠闲了。

有天中午，她吃过午饭，坐在水吧里和同学聊小组作业，突然接到了陈驰星的电话，那边是猛烈的风声、海鸥的叫声，陈驰星说他已经到了深海大学的校门口了。

刘璃瓦当时正喝气泡水，差点喷出来，咳得惊天动地。

“你怎么来了？”好半天后她震惊道。

“我说了我过几天来的，你是忘了吗，刘璃瓦？”

“你也没说你今天到啊！”

“我三个小时前交了项目直接赶过来了，我发了消息给你，是你没看。”陈驰星没好气地说。

刘璃瓦打开消息一看，发现陈驰星真的给她发了好多消息。因为在开小组会，刘璃瓦把手机放到了一边，一直都没看消息。

她一下负罪感拉满，连连道歉道：“对不起！对不起！你现在在哪儿，我马上过来找你。”

陈驰星叹了口气说：“你在哪儿？我来找你。”

“别别别，发个定位给我，我马上过来！”刘璃瓦冲小组其他人合掌道歉，“对不起，我有朋友来了，我去接下他。”

其他人也都善解人意道：“没事，今天聊得差不多了，就到这儿吧。”

陈驰星在南门，从水吧过去得要二十来分钟，等不到校园巴士，刘璃瓦一路以800米冲刺的速度飞奔过去迎接他。

不需要找，只有那一个，戴着口罩，穿着高领打底衫，拿着外套，和整个深海大学格格不入的就一定是他了。

来深海大学参观的游客不少，但没有提前预约是进不来的，陈驰星显然把这件事忘了，刘璃瓦到的时候，就看见他站在门外和保安面面相觑。

刘璃瓦的手机也正好响了，是陈驰星打来的。他百无聊赖地低着头踢石头的动作让她又好笑又感动，她举起手来扬了扬，忍不住笑意地道：“陈驰星！”

大海倒映了一片天，远处的海浪翻涌，海鸥啼叫，仿佛来到了另一个世界，陈驰星抬起头，就看见跑得满头大汗、浑身凌乱的刘璃瓦，活力无限地跳起来朝他招手。

这一刻，陌生的城市、陌生的学校，忽然都变得面目可亲起来。

刘璃瓦欢快地跑过来，跟保安道：“叔叔，他是我的朋友，能让他进来吗？”

保安叔叔这才摆摆手道：“去门卫室登记吧。”

陈驰星穿了一件高领毛衣，热得已经脱了外套，刘璃瓦本来有很多话想问的，看到他的穿着后只忍俊不禁地问他：“穿这么多，热不热啊？”

陈驰星把外套直接盖在了她的头上。

刘璃瓦感觉到他的恼羞成怒，拿下外套还是乐得不行。

“我和你说过的，我们这边很热，穿个长袖来就行了，不听好人言，吃亏在眼前了吧！”

陈驰星白了她一眼，说：“你就没点什么欢迎我的话吗？”

“欢迎欢迎，非常欢迎。”刘璃瓦朝他鞠一躬，伸手道，“来，领导这边请，给你介绍一下，这边是我们的大礼堂，今天有讲座，是谈建筑美学……”

“挺好，走，我去听听你们的讲座。”陈驰星拉着她说。

“啊？啊？”刘璃瓦满头雾水地被他拖走了。

讲座已经开始有一会儿了，刘璃瓦带着陈驰星偷偷摸摸从讲座后面绕过去，在后排找了个位置坐下。

陈驰星真就是个想一出是一出的人，他想来深市，买张飞机票带两件衣服就来了，他想听讲座，拉着刘璃瓦就进来了。

刘璃瓦刚跑那一通也正好想找个地方坐会儿，她呼呼喘了会儿气，陈驰星从包里拿了一瓶水拧开递给她。

“新的。”他说。

刘璃瓦喝了两口水，歇了一会儿，正要认真听讲座，听见陈驰星说：“走吧。”

“啊？你不是要听讲座吗？”刘璃瓦压低了声音问。

“骗你的。台上那个老师是我们学院的教授，他的讲座我都听过了。”

刘璃瓦将信将疑，和陈驰星偷偷摸摸地又从后排出去。出来后，她在讲座海报前看了看，发现主讲人下真的写着“燕湖大学教授”。

“陈驰星，你好闲啊！”刘璃瓦翻了个白眼。

陈驰星笑了笑，和她竖起两根手指，说：“两天。”

“今天和明天？”

“对。”

“那你明天走吗？什么时候走？”

“明天下午六点的飞机。”陈驰星说。

“那你住哪儿订好了吗？”刘璃瓦问他。

陈驰星打开手机给她看，说：“这家民宿。”

刘璃瓦凑过头去看了看，说：“就在我们学校旁边，我带你去。”

她背着书包，没走两步，书包突然被拉住了，陈驰星道：“书包给我。”

“干吗？”

“帮你拿。”

“不用……”刘璃瓦一看陈驰星的眼神就知道他又轴起来了，“给你，给你。”她把包脱下来递给他。

陈驰星拎了拎说：“刘璃瓦，你在里面装板砖了？”

“什么板砖，是电脑和书，不拿就给我！”

陈驰星把包举起来，刘璃瓦跳了几下都够不到，对他的幼稚行为实在是无语极了。

到住的地方后，陈驰星换了一件薄短袖衫和运动裤，刘璃瓦站在门口等他，见他又换了单薄的衣服出来，忍不住皱眉道："你一下冬一下春的，别感冒了。"

"会吗？"陈驰星低头看看。

"会，"刘璃瓦肯定道，"你最好是再去拿个外套穿上。"

于是陈驰星又听话地回头进去拿了个运动外套。

趁着他刚刚换衣服的时候，刘璃瓦在手机备忘录里做了一个简单的规划，她拿起来给陈驰星看，说："今天就这样，我先带你绕岛一周，差不多到黄昏了，我们可以看看日落，然后去吃饭，附近有网络打卡街，可以边逛边吃。"

"你想吃什么？"陈驰星问她。

刘璃瓦想了想说："我想喝海鲜粥。"

陈驰星点头："好，那待会儿就去喝海鲜粥。"

民宿外停着很多共享单车，刘璃瓦和陈驰星扫了两辆就骑走了。刘璃瓦骑在前面，陈驰星不急不缓地跟在她的身后。

从街道下坡一直溜下去，再骑一段就到海岸边了。因为不是旅游旺季，海边的人并不多，海浪击打沙滩，徐徐的海风吹过来，刘璃瓦惬意地眯上了眼睛。

"陈驰星，你觉得我们学校怎么样？"她回头问。

陈驰星追上了她，并肩骑在她旁边。他伸手拍了下她的头，说：“阳光明朗，万物可爱。”

“喂！说话就说话，打我干什么？”刘璃瓦伸手要揍他。

陈驰星一蹬脚踏板骑到她前面去了，他悠悠的声音说：“现在是在海边，这位同学请你注意行车规范，不要骑自行车时打闹，以免掉进海里。”

“我会游泳。”刘璃瓦嬉笑道。

“不巧，在下也会。”陈驰星的车速慢了慢，等刘璃瓦跟上来他才开始骑。

刘璃瓦惊讶地问：“你什么时候学会游泳的？”

“燕湖大学，名字里都带‘湖’，怎么可能不上游泳课？”

燕湖不是湖，是地名，燕湖大学会开游泳课也不是因为名字里带湖，而是因为那是全国最好的大学，自然要培养学生德智体美全面发展。

刘璃瓦被他的冷幽默逗乐了，笑骂了一句：“神经病！”

广阔无垠的海能容纳所有忧愁，陈驰星大声道：“Rose!Why did you do that，Why?（露丝，你为什么要这样做，为什么？）”

刘璃瓦脱口而出：“You jump,I jump, right?（你跳下，我就跳下，对吗？）”

陈驰星说：“Right.（对。）”

“Oh,god.I couldn't go.I couldn't go,Jack.（哦，天哪。我无法丢下你，我做不到。）”刘璃瓦笑着说。

陈驰星说：“You must do me this honor.You must promise me that you will survive...”（你要帮我个忙。答应我活下去，无论发生什么，无论多么绝望，永不放弃。）

“你记错了，这一句应该是 We'll think of something else.（我们再想办法。）”

“你也记错了，你应该说‘I love you’（我爱你）。”陈驰星的视线从刘璃瓦的身上移开，看向海边，轻声补充道，“Jack.”

长长的街道安静下来，只有他们的自行车与地面摩擦时发出的“咕噜咕噜”的声音。

刘璃瓦握着车把手的手指紧了又松，蓦地，她停下车，指着海岸线惊呼道：“陈驰星，你快看！”

太阳几乎要落进海里去了，海面波纹荡漾，远远地，一艘帆船驶过来，从太阳倒映在海面的余晖里驶过，像是一幅画，要用印象派的笔触，用色块轻轻铺垫。

天空是藏蓝色、紫色和橙黄色的，像极了电影的定格画面。刘璃瓦和陈驰星从车上下来，站在海岸边，站在这块天幕下，连呼吸都不自觉地放轻。

“黄昏很美。”陈驰星轻轻地说。

刘璃瓦也说："是的，我看过很多次了，但每一次我都会因为这片海和这块天而感到心动。"

陈驰星默了一下，问："你有一点儿心动吗？"

刘璃瓦笑着看向远远的天边道："有一点儿……"

不，在你身边时，其实有很多很多。

日落西沉，只留下一层薄暮，刘璃瓦和陈驰星重新骑上车，寻觅下一个去处。

沙滩边有很多饭店，刘璃瓦找了一家烧烤和海鲜粥都有的店带陈驰星进去。十二月份，除了附近的学生就是当地的居民，店面里人并不多，他们就在店外找了个位置坐下。

远处的天尚且没有完全暗淡，店门口串连的小彩灯已经亮了起来，黄昏涨潮，海离岸更近了。

夜幕有些凉了，陈驰星穿上外套和刘璃瓦喝上一碗热腾腾的海鲜粥。

粥里的食材又多又新鲜。虾尾、扇贝、鱼片，第一口有些腥，多吃两口后就品出鲜香的味来了，再拌一小碟咸菜，咸而不腻，别有一番滋味。

吃饱餍足，陈驰星和刘璃瓦靠在椅背上看着天。

陈驰星问："明天早上吃什么？"

"明天吃罗粉吧，麻辣的，能加很多料。"

“好。”

“待会儿想去哪儿？”刘璃瓦问他。

陈驰星说：“不知道，我们先坐会儿吧。”

晚风徐徐吹着，一直坐到觉得海边有点冷了，两个人才起身离开。

刘璃瓦带陈驰星去网络打卡街走一圈。这里有很多很有名的网络红店，刘璃瓦在一家小饰品店看上了一些很奇特的耳饰，大辣椒和大贝壳形状的耳环，又夸张又可爱。她捏捏耳朵说：“我要是有耳洞就好了。”

“你要打耳洞吗？”陈驰星问她。

刘璃瓦苦着脸说：“我想打，但我不敢打，我怕疼。”

“那就不要打了。”陈驰星说。

刘璃瓦重复道：“但是我又想打。”

“那就去打。”陈驰星说。

刘璃瓦又说：“但是我怕疼。”

陈驰星伸手在刘璃瓦的耳垂上捏了一下，问她：“疼吗？”

“还好，不是很疼。”刘璃瓦揉了揉发红的耳朵。

陈驰星把选择权交给她自己，问她：“要打吗？”

刘璃瓦心一横，说：“打！”

饰品店的店员小姐姐拿来打耳洞的枪，先和刘璃瓦商量打耳洞的位置。刘璃瓦自己是看不出什么区别的，陈驰星和店员小姐姐沟通好位置要打对称，接着店员小姐姐给刘璃瓦消毒，用手指在她的耳垂上捏了捏。

刘璃瓦有些紧张起来，手指紧紧地拽着自己的衣摆。

店员小姐姐看到了，笑着说：“不要这么紧张，很快的，你要是紧张就拉着男朋友的手。”

刘璃瓦赶紧摆手道：“不……不是。”

陈驰星把手伸给了她。

刘璃瓦的话戛然而止，因为店员小姐姐的针按下去了，刘璃瓦仿佛听到了自己的肉被“噗”一下穿透的声音，她“啊”地惨叫一声，眼睛里立马蓄积起了眼泪。

陈驰星抓紧了她的手，看着那一根坠在她耳垂上长长的针，他的心突然跟着一阵酸痛。他问刘璃瓦：“是不是很疼？”

刘璃瓦已经两眼泪汪汪了，点头道：“疼。”

陈驰星忍不住说：“那就打一边，另外一边不要打了。”

刘璃瓦紧拽着他的手，欲哭无泪道：“可是只打一边就不对称了。”

刘璃瓦打的是左边，打耳洞的店员小姐姐也无奈道：“打一个耳洞也是两个的价钱，不如一起打了吧。”

陈驰星蹲在刘璃瓦的面前，对店员小姐姐道：“还有一个打我这边吧。”

刘璃瓦喷涌的眼泪一下就止住了，她呆住了，愣愣地“啊”了一声。

店员小姐姐笑道：“那你到这边来坐吧。我还是第一次见情侣一边打一个耳洞的，”她一边把器械消毒，一边说，“我听说陪着一起打耳洞的人，下辈子还会在一起的，你们的感情肯定会越来越好。”

“打吧。”陈驰星道。

凉凉的笔在他的耳垂上画了个记号，接着消毒，“噗”的一声，耳朵烫起来，是针穿过去了。

刘璃瓦看着那根长长的针挂在陈驰星的耳朵上，心里颤了颤，又想到那根针现在也挂在自己的耳朵上，好像又没那么可怕了。

“好，现在就是一对了。”店员小姐姐给他们摘下长长的针，换上短短的银针，“这个耳洞要护理好，不然容易发炎。这几天不要吃辛辣的，还有海鲜之类的发物，也不要沾水。这里有这个红霉素软膏，洗头洗澡之前先涂上这个，可以防水。”

刘璃瓦看着陈驰星的耳朵上那根格格不入的银针，一下就笑了。她问陈驰星：“是不是很疼啊？”

“还好，没有很疼，有点充血发热的感觉。”

刘璃瓦竖起大拇指，说：“陈驰星，你比我勇敢。”

陈驰星竖起拇指和她碰了一下，微笑着轻声说：“一人一半，你也很勇敢。”

benfushi

第九章 · 奔赴时（下）

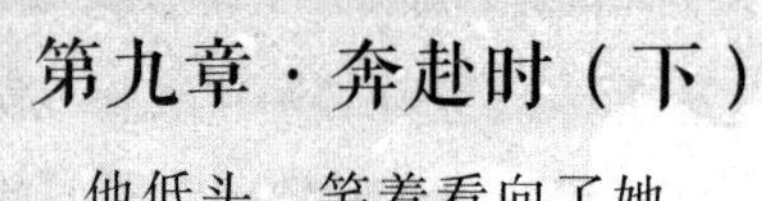

他低头，笑着看向了她。

（一）

第二天早上六点的时候天就蒙蒙亮了，刘璃瓦答应和陈驰星去看七点的日出。她一起，室友也陆陆续续起来了。这个时间点也是宿舍室友起床的时间了。

刘璃瓦对着衣柜里的衣服纠结了很久。

是穿裤子，还是穿裙子？她问室友。

洗漱的室友叼着牙刷走出来问她："你要去见男的还是女的？"

"是和我一起长大的关系很好的一个男生朋友。"刘璃瓦说。

在床上打游戏的室友垂下脑袋，问她："是从京市来的那个吗？"

"是的。"

"你喜欢他吗？"室友问得很直白。

刘璃瓦踌躇了一会儿，点了点头，小声说："喜欢。"

另一个准备背包去图书馆的室友插话道："他都从京市过来了，你还犹豫什么，穿漂亮裙子冲呀！"

"可是……"

听到有八卦，刷牙的室友牙也不刷了，去图书馆的室友图书馆也不去了，打游戏的室友挂机了，三个人炯炯有神地看着她。

刘璃瓦抱着衣服在椅子上坐下来，手指紧攥着道："我……我不知道你们有没有过那种感觉。因为太熟悉了，关系太好了，从小到大都是一起长大，我很怕有些话说开了，万一他没有那种意思，多尴尬啊！而且我更加怕的是，即便我们在一起了，如果……我是说如果，如果有天吵架了，发现彼此不适合做情侣，那是不是连朋友都没得做了？"

室友道："你的担心不无道理，但是如果有一天你看到他和其他女生在一起，你会不会后悔？"

"如果有一天他有女朋友了，我可能就不会再联系他了。"刘璃瓦沮丧地说。

打游戏的室友震惊道："为什么呀？"

刘璃瓦说："换位思考吧。如果是你们，你们会希望自己的男朋友有一个关系很好的女性朋友吗？"

室友们异口同声说："那肯定不行啊！"

"对呀。"刘璃瓦低声道，"而且我也不是那么豁达，我也会后悔，会嫉妒，但是我不希望自己变成自己很讨厌的那种人。"

"那就顺其自然吧，小瓦，如果是互相吸引的那个人，肯定是会水到渠成的。"室友说。

"嗯。"刘璃瓦举起衣服说，"现在又回到了最开始的问题，我穿什么衣服呢？”

“我觉得穿你喜欢的就好。”

“我喜欢小裙子。”刘璃瓦说。

室友道：“那就穿裙子好了。你穿裙子不是为了取悦任何人，而是因为你喜欢。你看，这样是不是就不用纠结了？”

刘璃瓦点点头，不好意思地笑道：“谢谢你们，耽误你们时间了。”

“不耽误，我们可太爱听八卦了，你回来之后可要和我们说说你们一起长大的事。”

“对对对，这就是今天晚上的夜谈主题了！”

“你们凑热闹最厉害，别和她们闹了，小瓦，快去换衣服。”宿舍长叉着腰道。

她们宿舍唯一还没脱单的就是刘璃瓦，听说刘璃瓦有喜欢的人了，宿舍立刻热闹起来了。

刘璃瓦今天穿了一条背带牛仔连衣裙，里面是一件简单的白色 T 恤，头发扎成一束马尾，涂上一个淡色的口红，拎起帆布包就出门了。

因为在宿舍纠结的那一会儿，天色已经快都亮起来了，怕赶不上日出，刘璃瓦一路小跑出去，跑到校门口时便看到陈驰星骑着一辆蓝色的自行车在门外等她。

“哇，陈驰星，你哪儿来的自行车？”刘璃瓦发现这辆自行车还有后座。

“找民宿老板借的，猜到你今天会穿裙子，上来吧。”

刘璃瓦坐上后座，用包挡着腿。

“抓好。”陈驰星道。

刘璃瓦便伸出手抓住他的衣摆。

“抓紧了没有？”陈驰星问。

刘璃瓦点点头，又意识到陈驰星看不见，于是绵软地说：“已经抓紧了。”

“出发，去海滩了。”陈驰星脚下一蹬，自行车轮子转起来。怕掉下去，刘璃瓦赶忙又揪紧了一点他的衣服。

路上，刘璃瓦问陈驰星：“你怎么知道我要穿裙子的？”

自行车“咕噜咕噜”的声音里，陈驰星说：“因为……你猜。”

刘璃瓦在他的背后捏了一下，陈驰星惨叫一声，自行车也画起了龙，吓得刘璃瓦赶紧搂住了他。

那一搂让陈驰星猛地刹住了车，刘璃瓦差点一脑袋撞上去，怒道：“陈驰星，你能不能好好骑车！”

陈驰星磕巴了一下，说：“好。”

后面一路陈驰星都没有说话了，刘璃瓦也意识到自己的手放得有些尴尬，正准备一点点不露痕迹地松开，陈驰星开口说：“刘璃瓦，我又一个第一次被你拿走了。”

刘璃瓦小声抗议道：“哪里有‘又’。”

“你要我说第一次吗？小学二年级的时候，我在你家洗澡，你……”

“陈驰星！”刘璃瓦大声起来，又羞又恼地说，“那个时候我根本什么都没看到好不好！而且那么久的事了，你怎么还记得！”

陈驰星哼笑道：“我一说你就反应过来了，说明你也记得啊，刘璃瓦，你这是只许州官放火，不许百姓点灯。”

说不过，刘璃瓦又在他的腰上掐了一把，结果触感硬邦邦的，根本掐不进去，要不是现在位置不好动口，刘璃瓦又想咬他了。

车骑到沙滩上的时候，圆日正缓缓升起，刘璃瓦从车上跳下来，一下又高兴起来了，道：“你看，海岸线那边好漂亮啊！”

陈驰星笑着摘下脖子上的相机，打开镜头对准了刘璃瓦。

“你在拍我吗？”刘璃瓦问。

陈驰星说：“你跳一跳。”

刘璃瓦配合地跳了起来，陈驰星看似很专业地拍了几张，然后低头看了看，严肃的表情没绷住，狂笑了起来。

“你笑什么？”刘璃瓦敏锐地感觉到了，“你是不是把我拍得很丑？给我看看。”

“不给。”陈驰星高举起相机。

“快点给我看看！”刘璃瓦拽他袖子。

陈驰星立马换了一只手，笑着说：“不给。”

“我要生气了！”

“你抢到就给你。”

刘璃瓦不抢了，她抱住陈驰星的另一只手臂，一口又啃了上去，咬出了又两排牙齿印。

“刘璃瓦，你真的是属狗的。”陈驰星龇牙咧嘴地说。

现在陈驰星的两只手臂都被咬过了，也算某种程度的对称了。

陈驰星哭笑不得。

刘璃瓦抢走了照相机，打开相册一看，果然，照片里把她拍得可谓面目狰狞、姿态扭曲，连最后她是怎么愤怒地跑向陈驰星的画面都被拍下来了。

刘璃瓦“噼里啪啦”全部删掉，并愤怒地警告陈驰星：“以后你都不要拍我了！”

“刚刚是个小插曲，我保证接下来肯定把你拍得漂漂亮亮的。”陈驰星举起四根手指头发誓。

刘璃瓦已经不再相信陈驰星的拍照技术了，只要陈驰星一举起相机她就往旁边躲，一个拍一个躲，一直到太阳都快升起来了，刘璃瓦的肚子也咕咕叫了，两个人才结束这场幼稚的游戏。

“找个人帮我们拍张合照吧。”陈驰星说。

刘璃瓦现在是宁可相信路人的拍照技术都不相信陈驰星的拍照技术，也点头同意了。

陈驰星拦下了一位在沙滩上晨跑的老人，拜托对方给他们拍张合照。刘璃瓦举起手托住太阳，笑得眼睛都眯了起来，陈驰星却没有看镜头，他低头，笑着看向了她。

画面定格，少女的鬓发和少年的衣摆一同在海风中飘扬。

悠长的岁月里，兜兜转转，他依然回到了她的身边。

下午陈驰星就要走了，刘璃瓦带他去买了很多海市的当地特产，事无巨细地对陈驰星交代一遍，又帮他从衣服到身份证一一仔细清点好，最后目送他上了船。

他在的时候觉得他很烦人，他要走了，明明也才一天半不到，刘璃瓦却很舍不得。

一直到渡轮“嗡嗡”响起来了，陈驰星要上船了，刘璃瓦伸出手指勾了勾他的包，在他回头看她时，她又将手背在了身后，假装无事地开朗笑道：“那拜拜啦，下次再见。”

陈驰星眉眼放软，静静地看着她，须臾，他张开手说：“要抱一下吗，刘璃瓦？”

刘璃瓦顿了顿，却还是张开手抱了上去。她只能抱到他的腰上，他却弯腰搂了搂她，他在她耳边说道：“下次，就小年夜见吧。”

“好。”刘璃瓦的声音有些颤抖，她又郑重地点了点头，松开了手。

陈驰星后退几步，朝刘璃瓦摆了摆手，示意她先走，刘璃瓦摇头。在渡轮的催促下，陈驰星只好先上船了。

船只逐渐开远，要到另一边岸上去了，刘璃瓦远远看到陈驰星站在船边遥遥摆手的身影变成小点，眼泪才“啪嗒啪嗒”地掉下来，她用手背揉了揉眼睛。

手机忽然“嗡嗡”地振动了一下，刘璃瓦拿出来看，是陈驰星的语音。

他说：“还有十五天就是跨年，你来燕湖吗，刘璃瓦？”

“我才不会去找你。”刘璃瓦回复他。

陈驰星回了刘璃瓦一个哭哭的表情，成功地让刘璃瓦破涕而笑了。她傲娇地回复道：“看你这么可怜的份上，我就勉为其难考虑一下吧。”

还有十五天。

刘璃瓦打开日历，仔细地为 12 月 31 号做好日程记录——

去见星星。

过了两天忙里偷闲的日子，生活又回到了正轨。刘璃瓦上上课、复复习、做做小组作业，抽空再写一写毕业论文，而陈驰星继续埋头做毕业设计，每天继续和各种图纸打交道。

有时候陈驰星会突然发个视频给刘璃瓦，也不说话，就在视频那边看着她。过了那么几天，刘璃瓦就习惯了，接了视频就把手机放在一边，自顾自地做自己的事，有时候她一抬头，发现陈驰星也做他自己的事去了，有时候一抬头发现陈驰星趴在镜头前睡着了。

他要是睡着了，刘璃瓦就会仔细看他的耳朵，因为打了半边耳洞，只能用另外半边趴着睡。刘璃瓦也问过他耳洞怎么样，他总说还好还好，但刘璃瓦的耳洞没多久就发炎了，要室友帮忙挤了脓又擦了好几天药膏才好，她对陈驰星大大咧咧的话不太相信。

有时候看他睡得很沉，刘璃瓦也会趴在桌子上看他那么一会儿，不久，就三五分钟，用手指碰碰屏幕，仿佛在他的头顶上摸了摸。

以前是能摸到的，后来陈驰星越长越高，刘璃瓦踮起脚都快摸不到了，得要陈驰星弯下腰，她才能摸上那么一下。

那三五分钟，刘璃瓦觉得自己想了很多，又觉得自己什么都没想，等陈驰星睡十几二十分钟爬起来的时候,刘璃瓦已经开始低头继续复习了。

刘璃瓦的脸很小，五官都是秀气精巧的，没有声音只看画面也很赏心悦目，他拄着下巴看了她好一会儿

陈驰星最开始发出去视频是手误，但刘璃瓦接通了，他也就不想挂了，那些用文字能叨叨说出来的唠嗑，用视频反而说不出来了，好在刘璃瓦也并不是非让他说话不可，他们心照不宣地保持着这样一种默契，心照不宣地……思念着对方。

回头看看觉得真不可思议，他们过去竟然有四五年没有太多联系了，有时候想问问她最近怎么样，但时间隔得越久，有些话就越不好开口，陈驰星想借节日祝福和刘璃瓦聊几句，但每次收到她官方的回复又觉得泄了气。

她发的朋友圈总是很积极阳光的，好像生活充满了无限乐趣，她也确实是这样的乐天派性格，她拍过深市的天，拍过和她擦肩而过又

回头看她的小狗，拍过她自己创作的画。

有一年暑假，陈驰星其实是去过深海大学的，但他没有告诉她。那个暑假人多得摩肩接踵，天是蔚蓝的天，海是广阔的海，但没有和她相遇过的小狗，也没有遇见她打卡过的餐厅。

陈驰星走在那一条条或蜿蜒或宽广的路上，有时候会想这是不是她走过的路，又或者，他会不会在下一个拐角遇见她。

但都没有，于是那一切的风景和热闹都索然无味了。他找了一处人少的沙滩，用小木枝在沙滩上写下“星与瓦”，他把这个秘密告诉了大海，不知道大海有没有替他转告过这个秘密。

高三那年他想回小院去住，但父亲不同意，认为他所有的时间都应该放在学习上，为此甚至不惜每天先送他上下学再去上班。父亲在他面前依然说一不二，仿佛他还是一二年级的孩子。

陈驰星不知道父亲是想用这种方式来表达对他缺失近十年的关怀，还是单纯认为他只要学习，总之，平静不久的日子很快就在父子的重重摩擦矛盾和冲突里变得磕绊起来。

叛逆期和更年期碰上，也不知道是谁在伤害谁，但那段时间陈驰星每天都想从家里逃出去，每天都在想高考完就要离他们远远的，最好再也不回去了。

他们之间的冲突在陈驰星摔门而出后戛然而止。可能是被他气过头了，他的父亲反而冷静下来了，终于和他坐下来，好好交流交流了。

父亲对他提了两个明确的要求：一、自觉学习；二、考上好大学。

只要他做到这两点，父亲就再也不管他的事了。

高考陈驰星确实考得很好，也达成所想的，离家里远远的了。

他上大学的第一个寒假回家，发现以往精神干练的父亲苍老了很多，长出了很多白发，走路也不再和往常一样健步如飞了。母亲说是父亲的旧疾犯了，早些年去山区工作滚下山摔断了腿，后来虽然接好了，但还是落下了病根，除此，还有长年坐办公室的腰肌劳损和肩周炎，那段时间总是母亲给父亲上药，家里满是红花油活络油各种混合的味道。

陈驰星原本的人生规划里是有出国留学的，但母亲话里话外的意思都是委婉地想要他留在长市，不要走远了。一边是理想，一边是父母，在大三那年父亲因为回家晚，上楼梯的时候没走稳从楼梯上摔了下去后，陈驰星放弃了天高地阔的理想，答应留在长市。

抛弃理想的确是很痛苦，但很多事情可能早已是冥冥中注定，不然怎么会寻寻觅觅，两个错过四年的人又相遇了呢？

比起相遇更巧合的是他们有着相似的目标——考回长市。

少年时期恨不得长出翅膀逃得远远的，长大后却又因为羁绊，再也割舍不下故乡。

人生的很多事都还没开始，往后谁也说不好，至少当下，他没有什么遗憾了。

（二）

跨年的前一天，刘璃瓦打包好了行李，第二天一大早就出发去往机场。

机场的人很多，刘璃瓦跑得晕头转向。为了纪念第一次去首都，刘璃瓦还特意在路上拍了 Vlog。从上渡轮拍到上飞机，这是她第一次跑那么远去见另一个人。

忐忑、兴奋。

飞机徐徐升空，看着窗外的天，又俯瞰越来越小的城市，刘璃瓦比第一次坐飞机时还紧张。

她不停地看时间，从还有三个小时到还有两个小时，再到还有一个小时。

最后广播提醒旅客飞机正在下降，系好安全带时，刘璃瓦的心已经先飞机一步降落在首都了。

下飞机，过廊桥，刘璃瓦拖着箱子跑了起来。

她小小的个子在高大的北方人里并不显眼，只能费力张望陈驰星在哪儿。

"刘璃瓦。"

她的身后传来一道声音。

刘璃瓦回头去看，看不到脸，但那条熟悉的、在视频里见过无数次的棕色千鸟格围巾，让她认出了他。

陈驰星向她张开手臂。

几乎想也没想，刘璃瓦拽着箱子飞奔过去，一把抱住了他。

隔着无数个春夏秋冬，他们在这一刻终于满怀思念地赤忱相拥。

出机场时很冷，刘璃瓦尽管做足了御寒准备也还是被扑面而来的冷风掀了个倒仰。

陈驰星摘下围巾，替她围在了冻红的脸上。

冲动过后理智回笼，刘璃瓦讪讪地松开手，陈驰星却恍若未觉地拿过刘璃瓦的行李箱，另一只手握住了她的手——因为隔着两双手套而不显得太过亲昵。

陈驰星把一切都安排妥当了，连酒店也都订好了。

刘璃瓦先去酒店放行李。一路上，她发现首都不仅是冷，路还滑，尽管行人常走的路会有环卫处理积雪，但结起的冰也难以清除。

乍然从四季如春的深市到首都，刘璃瓦一下就被这冰天雪地给震慑住了。

如果不是陈驰星拉着，刘璃瓦一出机场就已经摔好几跤了。

刘璃瓦埋怨道："陈驰星，你只说你们这里冷，你没说你们这还这么滑呀！"

陈驰星笑她，说："你不是想看雪的吗？现在够不够看了？"

刘璃瓦捂在围巾里的声音闷声闷气地说："这能一样吗？美学上还有个距离的概念呢，好比大海里的一艘船，我远远地看它在激烈的海浪里翻腾，肯定是觉得很壮观的，但如果我是船上的人，那我肯定只想喊救命，哪还管什么美不美。"

陈驰星笑起来了，握着刘璃瓦的手也一直在抖。

刘璃瓦很怕地拉住他，一路小心翼翼的走得像只企鹅，生怕脚底一滑他俩就摔个四脚朝天。

还好酒店有车来接，就在离机场不远的地方。

刘璃瓦来之前还是做了功课的，特地查了这个季节有哪些好玩的地方，推荐最多的当然是故宫、北海，还有一些胡同，也有说不怕风雪就去爬长城的。

想到这里，刘璃瓦问他："陈驰星，这个天气还能爬长城吗？"

陈驰星看了她一眼，说："你要想去，下刀子也能去。"

刘璃瓦弱弱道："很难爬吗？"

陈驰星用理工学生的思维回答："市区海拔只有四十多米，我们走的坡度大概是十度，而长城最高海拔八百多米，最大坡度八十多度，你爬上去五米可能要往下溜二十米。"

刘璃瓦老老实实地说："那我还是明年开春再去长城吧，今天去哪儿玩呀？"

"你不是想来燕湖看一下的吗？那就先去学校走走，晚上……"说到这里，陈驰星顿了一顿。

刘璃瓦低着头将手套摘下来，说："晚上你要回学校吧？"

"和辅导员请过假了，晚点去看一场演唱会。"

"真的？是哪场？"刘璃瓦蓦地抬起了头。

陈驰星侧头看着她，笑着说：“晚上你就知道了。”

坐在去往酒店的车上，刘璃瓦支着下颚，看着窗外的雪景高兴起来了。

酒店靠近市中心，夜景很出名。

因为演唱会时间很晚，陈驰星也在酒店开了一间房间，就在刘璃瓦的隔壁。

一个小时路程从机场到酒店，又休息了半个小时，差不多已经下午三点了，刘璃瓦在飞机上吃了飞机餐，但吃得不多，这么一耽搁，已经有点饿了。

和陈驰星商量后，决定先奔他们学校的食堂吃饭。

到了燕湖大学，刘璃瓦看哪儿都新奇，四处东张西望。陈驰星问她：“你想吃什么呀？我们有十个食堂，每个食堂菜系都不一样。”

“听说燕湖大学的麻辣香锅和白灼虾很好吃，我想吃这两个！”刘璃瓦举起手高高比了个“2”。

“那先去吃香锅，然后去五区吃白灼虾？”

刘璃瓦又伸出手比了个“OK”。

都说望山跑死马，在燕湖大学能望食堂跑死马，陈驰星给刘璃瓦看了下 1.8 千米的距离后，刘璃瓦决定还是等等校内公交车过来。

等待公交车的时间里刘璃瓦还是被冷得直跳，尽管她觉得自己已经穿了很多很多了——羽绒服里套了四件衣服、超级厚的长裙、两条很厚的光腿神器，穿了加绒的雪地靴，还戴了手套和陈驰星的围巾。

也不知道陈驰星是格外抗冻还是怎么的，他一如既往是一件稍微厚一点的派克外套、里面一件打底衫和毛衣，刘璃瓦看着都齁冷。她捂着半张脸呵气，抬头问陈驰星："你不冷吗？"

"早就习惯了，哪像你，这么娇气。"陈驰星插在裤兜里的一只手举起来，摘下头上的帽子，在刘璃瓦想跳起来捶他的时候，他手上的帽子下压，盖在了刘璃瓦的头上。

"鸭舌帽挡挡风。"陈驰星说。

他的帽围太大，连刘璃瓦的眼睛都被盖住了，刘璃瓦"哎呀"一声，取下帽子顺了顺刘海，嘟囔道："你把我发型都压塌了。我不要，你自己戴，你的鼻子都冻红了，还说不冷，死鸭子嘴硬。"

刘璃瓦把帽子还给陈驰星，陈驰星却没有戴，他调了一下帽围，重新盖到了刘璃瓦的头上，并用手掌摁在她的头顶上，干脆道："不许摘。"

刘璃瓦抬起一下帽檐，问他："那你怎么办？"

陈驰星低头将派克服后的帽子戴了起来。

"车来了。"陈驰星看向路的一头说。

刘璃瓦忙低头翻包道："你们校内车要多少钱，付现金可以吗？"

公交车在他们面前停下，陈驰星拽住刘璃瓦的衣袖，拉着她往前走，无奈道："我有校园卡，走啦。"

"啊，等我关下包包……陈驰星，你不要总是拽着我走啦！"

上了车，陈驰星刷了两下校园卡，说："谁让你不长高一点。"

刘璃瓦最讨厌别人说她矮了，尤其是在一众北方女生的衬托下，刘璃瓦仿佛来到了巨人国。她扯开陈驰星的手，气鼓鼓道：“陈驰星，那你去找高个的陪你玩吧！”

她气冲冲地走到后排，陈驰星紧跟着在她旁边坐下，摘下兜帽，用肩膀撞了她一下，道：“生气了？”

刘璃瓦躲开他，靠向车窗，愤怒地说：“我很生气！”

陈驰星趴在前面的座椅上看刘璃瓦的表情，刘璃瓦别开头看向窗外，心里觉得有点委屈，并不想理他了。

“你知道有两只大雁为什么往南飞吗？”陈驰星突然说。

刘璃瓦无语了一会儿，道：“因为北方太冷了，它们要去南方过冬，这是初中地理知识好不好。”

“不是，是有一只大雁生气了，第二只大雁就去追，一只跑啊跑一只追啊追，就一直飞到了深市，第二只大雁飞不动了，坐在了地上，第一只大雁很生气地问它‘你起不起？’”

“你猜第二只大雁说了什么？”

陈驰星故作玄虚地问刘璃瓦。

刘璃瓦不搭理他。

陈驰星张开手掌，一开一合地道：“第二只大雁说，‘对，不起！’”

刘璃瓦抿住不自觉想要上扬的嘴角，道：“这个笑话太冷了！”

陈驰星不停地张合手掌说："对不起，对不起，对不起……"

他说到第六遍的时候，刘璃瓦终于忍不住笑了。

她撞了陈驰星一下，说："你太幼稚了，没发现大家都在看你吗？"

"那你原谅我吗？"陈驰星用五根手指张张合合。

在一车人想笑又憋着的眼神里，刘璃瓦低下头，捏住了他的手，头疼地小声道："我原谅你了，你放过我吧，我快被你幼稚死了。"

刘璃瓦的手小，捏在他的手上才捏住一半，她把陈驰星幼稚的手摁回他自己的腿上，并用眼神警告他正常一点。

见她不生气了，陈驰星笑起来，这才"得逞"地点头。

麻辣香锅所在的食堂是不对外开放的食堂，只有本校学生能刷校园卡买单。

三点多，是一个前不着午餐后不着晚餐的时间点，除了有少部分在食堂自习的同学，食堂里的人并不多。

刘璃瓦捂着饿得"咕咕"叫的肚子在麻辣香锅的食材区来来回回地挑选，根本不用问陈驰星喜欢吃什么。

陈驰星喜欢吃植物根茎和五花肉，最喜欢吃的蔬菜是笋，可惜冬天没有笋吃了。

刘璃瓦喜欢吃的是叶子菜和瘦肉，不喜欢吃蛋制品，因为小时候每天一个鸡蛋产生了阴影。

将菜盆交给阿姨后，刘璃瓦和陈驰星找了两个位置坐下，等待阿姨叫号。

坐下后，刘璃瓦两个手背搭着，就这么笑眯眯地看着陈驰星。

陈驰星往后仰了仰，眼神躲开她的视线，说：“看我干什么？”

“陈驰星，晚上是什么演唱会，你告诉我呗。”

陈驰星的视线这才落回她的身上，戏谑道：“你叫声哥哥我就告诉你。”

“喂，是你请我去看演唱会哎，你是主，我是客哎，你还想占我便宜？”刘璃瓦难以置信地说。

她夸张的表情太过可爱，陈驰星忍不住笑起来，用手捂着嘴，低声道：“笨蛋。”

刘璃瓦拍了下桌子，佯怒道：“我听到了，陈驰星！”

窗口的铃声响起，提醒他们该去取餐了。刘璃瓦手指向后指了指着窗口道：“快点快点，你去。”

因为都说北方的辣并不辣，一般只吃微辣的刘璃瓦特意点了一个中辣的麻辣香锅。

两碗米饭，两杯饮料，一盆麻辣香锅。

陈驰星将筷子递给刘璃瓦，刘璃瓦放下筷子，先举起了饮料，她说：“我们有很多年都没一起跨过年了吧？”

“从高二到今年，有五六年了。”陈驰星说。

刘璃瓦又问：“我们一起跨过多少个年来着？”

“从二年级到高一，九年。”

刘璃瓦说：“那加上今年，就是第十年了。”

“嗯，第十年了。”陈驰星附和。

刘璃瓦的眉眼弯起来，说：“没有酒，橙汁也碰一下吧，就祝这十年。”

“嗯。”陈驰星拿起果汁，在她的杯沿下轻轻碰了一下，“祝十年。”

他们相顾一笑，许多的话就在这一杯里了。

麻辣香锅的聚餐可能不够正式，但足够温馨，如果是两个人的麻辣香锅，那就很浪漫。

他们会同时扯起几根面条，会因为第一根油条应该谁吃互踩两脚，还会因为吃到花椒面目扭曲，因为对方吃得太快而暗暗较劲。一切都那么有意思，只因为身边的人对了。

吃饱餍足，陈驰星问刘璃瓦还去不去吃白灼虾，刘璃瓦捂着肚子痛苦地摇头，说：“不行，我一点儿都吃不下了。”

“那再坐会儿？”

刘璃瓦既想坐会儿又怕赶不上演唱会，纠结地问：“几点啦？”

陈驰星看了下表，说：“快四点半了。”

“演唱会几点开始呀？”

“八点进场，九点开始。”陈驰星说。

刘璃瓦把下巴磕在了桌子上，说：“那还有好久好久，我们等下去哪里？”

“能吃能玩的地方可多了，看你想去哪儿。”

刘璃瓦也用手机地图搜了搜，她指着地图道：“去这里吧，我想去逛逛商场，然后我们再去古巷。”

“可以，坐地铁去不堵车。”

商量好了去处，刘璃瓦便开始收拾东西。食堂有暖气，暖和得能脱掉外套，想到马上又要走进寒风里，刘璃瓦把摘下的围巾手套又戴上，捂得严严实实才敢出门。

深市的温暖和首都的寒冷简直是天气的两个极端。刘璃瓦初来乍到，裹成团了也忍不住瑟瑟发抖。

虽然冷，但刘璃瓦又想玩雪，从燕湖大学到地铁几百米的路上，刘璃瓦就在路旁的花坛边抓了一把雪，一边冷得“嘶嘶嘶”抽气，一边还要执着地揉雪团，不止自己玩，她还让陈驰星也帮她揉一个更大的雪团。

走到地铁口，刘璃瓦指着旁边的花坛道：“就放这儿吧。”

陈驰星把大团子放上面，刘璃瓦又把小一号的团子压在上面，一个净身高高二十多厘米的雪人就做成了。

“还少了两只手。”陈驰星说。

刘璃瓦蹲在花坛边，用手指在花坛的雪里扒拉了一会儿，找出了几根被雪折断的小木枝。

“这两根是手。”刘璃瓦举了一下两根小木棍，把小木棍插在雪人的两边，“这根是鼻子。”又在脑袋上插了一根小棍棍。

“有点丑，还少了眼睛。”刘璃瓦苦恼地说。

陈驰星伸出手心给她，不知道他什么时候抓了一点泥，捏了两个更小的泥团。

刘璃瓦眼睛亮晶晶地看着他，盛满了笑意。她把小小的泥丸安在雪人的脸上，一个憨态可掬的雪人就做成了。

“好不好看？”刘璃瓦扭头问陈驰星。

陈驰星用手指在刘璃瓦的鼻尖上碰了一下，笑着说：“好看。”

他冰冰的手指落在她的鼻尖上，刘璃瓦却无端脸有些发烫，她转回头自顾自说：“我要拍张照片。”

陈驰星也拿出手机，拍了一张刘璃瓦蹲着拍雪人的照片，又趁刘璃瓦不注意，拍了一张她的正脸，他看着照片笑出了声。

刘璃瓦不明所以地看了他一眼，随即打开了自拍，发现她的鼻尖上也沾了一块泥。这块泥是谁弄上去的，不言而喻。

她愤怒地看过去，大声道：“陈驰星！”

陈驰星撒腿就往地铁站里跑了，刘璃瓦紧跟着追上去，陈驰星三步做两步从楼梯上跑了下去，刘璃瓦怕摔，跑得比他慢。

陈驰星站在楼梯下笑着转身过来看她，还要说：“刘璃瓦，地铁站里严禁追逐打闹哦。”

刘璃瓦举起手，瞄准，发射，一个雪球“啪”一下砸在了陈驰星的手臂上，她高兴地跳下去，被陈驰星一把抓住。

地铁工作人员听到了声音，走过来看，两人立刻休战，低着头从旁边走过去，留下一头雾水的工作人员在张望。

刘璃瓦用手背擦了擦鼻子，小声问陈驰星："干净了没有？"

"干净了。"陈驰星回答。

刘璃瓦抱怨道："我的粉底都被擦掉了。"

陈驰星仔细看了看她，说："你化了妆吗？"

"当然了，看不出来吗？"

"看不出来。"陈驰星低头看了她好一会儿，说，"你不化妆也好看。"

"骗人。"刘璃瓦转身用手机刷过闸机，嘴角却忍不住上扬，眉眼一片灿烂。

市中心超乎想象的繁华，刘璃瓦在琳琅满目的商城里挑花了眼，最后买了一条围巾和一副手套送给陈驰星。

陈驰星系围巾非常简单，往脖子上绕两圈就系完了。刘璃瓦看不下去，让陈驰星弯下腰，她解开围巾，仔细地将围巾绕过他的脖子，在一边留一个口子，将另一边放进去，接着整理成一个暖和又好看的系结。

"这样系才好看。"刘璃瓦抬头和陈驰星说。陈驰星的眼里带着笑意，低下头看向刘璃瓦的眼睛，刘璃瓦像被电了一下，猛地后退了一步。

“我……”刘璃瓦结巴了一下，“我们再去楼上逛逛吧。”

“好。”陈驰星回答。

刘璃瓦将一双手负在身后，扣着手指，转开话题，她指了指陈驰星的耳朵，问他：“你的耳朵怎么样了？”

陈驰星伸手摸了摸耳朵，在耳垂上什么也没摸到。他怔了下说：“好像掉了。”

刘璃瓦看了看陈驰星的耳洞，只有一个小点了。

“掉了就掉了吧，你又不戴什么。”刘璃瓦仰头看着他，“不过这里以后可能会留疤。”

陈驰星倒并不很在意地说：“一个小点，不妨事。”

“陈驰星。”

“嗯？”

刘璃瓦转开视线笑了一下，摇头说：“没事。”

大概是真的天太冷了，周遭并没有人山人海，从市中心出来后刘璃瓦又跟着陈驰星坐车去了古巷。

这边的小吃就很多了，还有各种各样的特产店，刘璃瓦一路走走吃吃停停，煎饼果子、糖葫芦、双皮奶、炸糕……有特别好吃的，也有两个人吃一口默默对视一眼扔进垃圾桶的，但旅游嘛，就是花钱买快乐。

从市中心到古巷，天已经完全擦黑了，日头一落，路面便又开始结冰了，怕脚底打滑摔倒，刘璃瓦拉着陈驰星亦步亦趋地往前走。

晚上七点多了，坐车到体育馆就能看演唱会了，在公交站台等车的时候刘璃瓦都还鼓着腮帮子像只小仓鼠一样啃着烤鸭卷饼。

公交车快来了，刘璃瓦支吾含糊地说：“是那辆车吗？”

“是，你慢点吃，别噎着。”陈驰星拧开饮料递给她。

看刘璃瓦吃东西是很有意思的，她不是小口小口含蓄地吃，而是咬一大口，含在嘴巴里鼓着腮帮子，然后再慢吞吞地咀嚼，陈驰星看她吃卷饼就直想乐。

在公交站台等车的人不少，车一停很多人就蜂拥到了车边，刘璃瓦和陈驰星都不急，就等他们先上。远远地，一个女人拉着小孩跑过来了，边跑边说：“哎！哎！”

大伙的视线都看了过去，就在这个时候，那对母子脚底一个打滑，刺溜一下滑了半米远，两个人都摔倒在地了，小孩“嗷嗷”地哭了起来，大人也“哎哟哎哟”直叫唤。

周边的人还没反应过来，刘璃瓦和陈驰星立刻就跑了过去。小孩穿得厚，没摔着，就是吓了一跳，吓哭了。刘璃瓦赶忙把小孩拉起来，陈驰星没着急扶大人，先问她：“您能起来吗？”

大人“哎哟哟”惨号道：“我这尾椎骨疼，起不来。”

“要是摔得重就可能骨裂了，您先别动，我给您打 120。”

陈驰星打电话的时候刘璃瓦也到了大人身边，询问她：“您除了尾椎骨疼，还有哪儿疼吗？”

"我哪哪儿都疼。"那大人说。

刘璃瓦问她："您的手腕、脚踝这些关节的地方疼吗？"

"左脚脚腕，脚腕疼。"

冰天雪地的路灯下，大家呼出的气彼此交织，天冷，地凉，风寒。

刘璃瓦解开手套，跪在地上，给女人脱下鞋，用掌心托着脚跟扭动她的脚腕，问她："疼吗？"

"疼。"

刘璃瓦仔细摸了摸，摸到了她踝骨下开始隆起的肿胀，又仔细摸了摸骨头，说："没有骨折，扭伤了。您的尾椎骨情况不好判断，现在只能躺一下，我朋友在打 120 了。"

女人"哎哟喂"地叫着，小孩哭着直喊"妈妈"。刘璃瓦帮女人把鞋穿上，又抱起了小孩，和小孩说："小朋友，你妈妈现在摔倒了，我们不能碰她，等下等医生过来了，你陪妈妈去医院好不好？"

小孩吓得六神无主，刘璃瓦看向陈驰星用眼神询问情况，陈驰星道："救护车就来了。"

这个天气躺在地上太冷了，他脱下了外套盖在女人身上，和女人说："可能要等十来分钟，你先盖着点。"

他们站在旁边，一直等到救护车来，刘璃瓦和陈驰星才走。

围观群众也一直看着救护车把人接走了才散。下一趟公交车也来了，刘璃瓦和陈驰星上了车，有一块上车的大爷大妈问他们："哎，小姑娘、小伙子，你们是不是医生啊？”

刘璃瓦摇头，说：“我是学社会工作的。”

“社会工作？哦！社工啊，真了不起！”大妈向她竖起了拇指。

这还是刘璃瓦第一次听到外人说他们社会工作专业了不起，这比任何的夸赞都更让她开心。她点头高兴地说：“谢谢您！”

“那小伙子呢？小伙子学什么的？”

“我学建筑的。”陈驰星有点不好意思地说。

“你们都是大学生吧？是哪个学校的呀？”

刘璃瓦说：“我是深海大学。”

陈驰星说：“燕湖大学。”

“你们这是一南一北两所最好的大学啊，太厉害了！”

没想到有天别人会这样将他们相提并论，刘璃瓦瞥了一眼陈驰星，不好意思地笑了。

在大妈的一路热络拉家常下，刘璃瓦和陈驰星终于到达了体育馆。

这回刘璃瓦不用问陈驰星就知道是谁的演唱会了，因为体育馆门口摆满了易拉宝。

刘璃瓦尖叫了一声，道：“五月天！是五月天！”

她飞奔过去抱住了易拉宝，兴奋地扭头问陈驰星：“陈驰星，你怎么知道我喜欢五月天的？”

刘璃瓦喜欢听五月天的歌还是上大学之后的事了，那段时间陈驰星根本不在她身边，怎么会知道呢？她觉得可能是恰好撞上了。

陈驰星却说：“刘璃瓦，你好笨。”

“什么啊……”

刘璃瓦看了看体育馆外，排队的人已经寥寥无几了，她顾不上计较陈驰星又说她笨，紧张道：“演唱会是不是要开始了，我们要快点进场了。”

“门票。”陈驰星将一张门票递给她。

刘璃瓦拿着门票拉着陈驰星迫不及待地朝检票通道飞奔过去。

工作人员给了他们一人一根纸质的手腕圈和发光棒，还耐心地告诉他们，他们座位的大致方位。

演唱会的确是快开始了，现场灯光都暗了下来，陈驰星拉住刘璃瓦的手，从下往上找位置，他们的位置也很好，就在第五排，离舞台很近。

他们一落座，大屏幕就亮了起来，开始放视频前奏，接着舞台的蓝色灯光逐层亮起，大屏幕徐徐拉开。

刘璃瓦跟着现场所有的观众一起尖叫着跳了起来，只有陈驰星还记得帮她把发光棒打亮。

彩色的荧光落在她的脸上，陈驰星的目光也长久地落在她的脸上，他忍不住笑。

演唱会开场就是剧燃的 *Do you ever shine*，几万人的会场变成了一个大型的蹦迪场，刘璃瓦甚至听不到自己的声音了。

演唱会唱到《星空》时，刘璃瓦突然转头看向了陈驰星，陈驰星正看着舞台，刘璃瓦笑了一下，大声唱道：

你来过 然后你走后

只留下星空

…………

那一年我们望着星空

有那么多的 灿烂的梦

至少回忆会永久

像不变星空 陪着我

唱到《如果我们不曾相遇》的时候，有人突然说："要跨年了！"

茫茫人生奔向何地

那一天 那一刻 那个场景

你出现在我生命

舞台上的歌手道："要跨年了，我们希望，今天陪在你身边的那个人，未来也依然在你身边。"

如果我们从不曾相识

人间又如何运行

晒伤的脱皮意外的雪景

与你相依的四季

苍狗又白云身旁有了你

匆匆轮回又有何惧

五月天将话筒对向观众，演唱会里是几万人的齐唱声。

刘璃瓦唱着唱着眼泪不自觉流了下来，晶莹的眼泪挂在她的脸颊上，一根手指轻轻在她的脸上蹭了一下，替她抹去了眼泪。

刘璃瓦看向陈驰星，陈驰星脸上的笑意，温柔而美好，他说："刘璃瓦，新年快乐。"

"新年快乐，陈驰星。"

"现在，抱一下你们身边的人吧。"舞台上的声音说。

陈驰星向刘璃瓦张开了手，刘璃瓦埋进他的怀抱，紧紧地抱着他。

陈驰星搂住她，弯着腰，一遍一遍地对她说："新年快乐，刘璃瓦。"

大屏幕上闪起了满屏的烟火，这场几万人的跨年里，热闹而盛大。

时间或许离开了很久，好在，新年快乐。

yuanmanshi

第十章·圆满时

夜色漫长，星光落在瓦片上。

S U I S U I T I A N T I A N

（一）

十二点过后不久，演唱会结束，刘璃瓦的喉咙几乎嘶哑，但她特别特别开心，手上的星星发光棒也舍不得扔，一直拿着。

这个时间点已经没有公共交通工具了，外面停满了出租车，陈驰星和刘璃瓦出去得快，身后就是庞大的人潮，他们一块坐车回酒店。路上，陈驰星问她："下次还想看演唱会吗？"

刘璃瓦小鸡啄米式点头，她的喉咙因为沙哑说不出话，只能用点头和摇头来回答问题。

陈驰星拿出手机点了个外卖，说："我订了冰糖雪梨汤，你喝完了再休息。"

刘璃瓦继续小鸡啄米。

她想问陈驰星，为什么他的喉咙不痛。她指指自己的喉咙又指指陈驰星的喉咙，陈驰星眉毛微微挑起来，"嗯？"了一声。

刘璃瓦想说话又说不出声，就将手放在陈驰星的喉结上，陈驰星一愣，喉结上下滑动了一下，刘璃瓦的眼睛一亮，找到了新乐趣，在他喉结上按了两下，目光炯炯地看着他，示意他再动一下。

陈驰星无奈地抓住了刘璃瓦的手，说："喉结不能乱摸的，知不知道？"

刘璃瓦眼睛里的光暗下去，她小声地"噢"了一下，抽回了手，手指揉捏着衣摆，转开视线看向车外。

陈驰星便又抓住了刘璃瓦的手腕，在刘璃瓦扭过头来时，将她的手指放在了自己的喉结上。

他的喉结突出明显，和好看的五官弧度在黑暗里拼接出一道仿佛山岳起伏的线条。

黑暗的出租车后座只有他们两个人，手指的轻轻滑动带起皮肤的战栗，刘璃瓦的指尖从他的喉结划到下巴。男生的胡子长得很快，尽管看不出来，但触感已经微微有些刺手了，刘璃瓦便笑了，手指从他的下巴到鼻子再到眼睛。

当她手指落在眼睛上时，陈驰星闭上了一只眼睛，只用另一只眼睛温和而又带着些纵容地看着她。他的眼睛，像演唱会里满场的萤火，又像星河里的光。

她的手指改摸为捂，蒙住了他的眼睛。

陈驰星的喉咙又上下滑动了一下，他感觉到有微凉的指尖落在了他的唇上。

手指收回，带着他的余温的手指落在了她自己的唇上。

蒙着他眼睛的手松开，陈驰星睁开眼睛，刘璃瓦正侧着头笑着看他。

她扎着的头发有些乱了，额边的头发落了下来，她低头将头发绾好，露出一段洁白的脖颈，昏暗的车后灯光内，耳垂的红若隐若现。

“刘璃瓦。”

“嗯？”

“下雪了。”

刘璃瓦扭头看向窗外，如同鹅毛般的雪花铺天盖地地散落了下来，在路灯的光亮处尤为清晰。刘璃瓦按下车窗，留出一小块地，伸手接了一片雪花。

寒风呼呼地刮了进来，刘璃瓦忙又将窗子关上，她再低头看手里的雪花，就只剩下一滴水了，手冰冰凉。

她将那滴水给陈驰星看，陈驰星用指腹替她抹去了那滴水珠，手指在她的手心停留了几秒，随后宽大的手掌握住了她的手心，滚烫的体温也一并传递给她。

这是他们第一次没有隔着衣服，隔着袖子，隔着种种，直接牵上手，刘璃瓦的手僵在那里，心脏要从嗓子眼蹦出去了。她抬头看陈驰星的神情，发现陈驰星转过头看着了窗外，唇抿得很紧。

他也在紧张。

刘璃瓦感到好笑，用拇指钩住了他的拇指。

就这样一路到了酒店。

下车后，朔朔的雪花飘落在他们的肩上。从路边到酒店并不是很远的距离，他们并行走着，刘璃瓦听了一路淅淅沥沥的沙沙声。

雪花落在他们的头上、睫毛上、肩上，一进入酒店雪花就化成了水珠，濡湿了头发和睫毛。

互道晚安后他们各自进了各自的房间。

暖气充裕，寒冷一下被驱走，刘璃瓦换下衣服先去洗了个澡，换上T恤和打底裤做睡衣，将头发吹干后门铃响了。

刘璃瓦将门打开一条缝，谨慎地露出一双眼睛往外看，她抬起头对上陈驰星微微挑眉的表情。

她笑着打开门，陈驰星提起手上袋子和她说："这个是雪梨汤，这个是药，晚上喝了再睡。"

"谢谢。"刘璃瓦用很小声很小声的气音说。

她接过袋子打开看了一下，有一罐很大的汤。她拉了拉陈驰星的衣服，又指指汤，示意让陈驰星也喝一些。

关上门，她将汤放在靠窗的茶桌上，拿出两个小碗，每人倒一碗。

陈驰星在刘璃瓦对面坐下端起碗喝了几口，刘璃瓦吞咽有些难受，也就喝得更慢了，她喝完一碗，示意自己喝不下了，将剩下的半盅汤递给陈驰星，含了一片喉片到窗边看雪去了。

像一只猫，她抬起头又顺着雪花落下低头，陈驰星喝完了汤，将桌面整理干净，走去将酒店壁炉打开，关上了大灯，灯光一暗，只留下一圈小小的黄色氛围灯，刘璃瓦回头看，陈驰星正好拿起椅背上的一块毯子走过来。

“晚上有点冷，你想坐在这儿的话盖着点。”陈驰星说着，展开毯子，替她围在了肩膀上。

毯子很大，盖两个人也绰绰有余。刘璃瓦拍拍身侧的位置，又往旁边挪了挪。

“你要我和你一起看？”陈驰星问。

刘璃瓦的眼睛亮晶晶的，点点头。

陈驰星便也坐了上来，刘璃瓦把毯子分给他一半，仰头看着从天上纷纷撒下的白雪。

她听到了壁炉“刺啦刺啦”的声音，眼前的是雪景，身侧的是少年。

狂欢过后的疲惫和温暖昏暗的房间氛围笼罩着她，不知道嗓子里的喉片有没有融化，半个小时后，她的视线逐渐变小，一下一下地点起头，最后头一偏，睡着了。

肩膀忽然一沉，陈驰星转头看去，发现刘璃瓦已经阖眼睡着了。

他用手指拨开垂落在她脸上的头发，静静地等了十来分钟。直到刘璃瓦完全睡熟了，他拿开毯子，用手臂轻轻揽住她，然后挽住她的腿弯，将她打横抱起。

看起来瘦瘦弱弱的刘璃瓦睡着了还挺沉。陈驰星将她放回床上，上身被坠得下压，靠近她闭着的眼睛。

像被小美人鱼的歌声吸引，他不由自主地靠近她的脸侧，最后却又顿住，只用手指轻轻拨开她的头发，自言自语地道了声：“晚安，小瓦。”

他直起身，去关了灯，只在窗边留下一小盏灯，以便她如果半夜醒来也能看到窗外的雪色。

他将垃圾带走，只留下一盒喉片在桌上。

关壁炉，关灯，出门。

门轻轻合上，他回到了自己房间。

可能是气候不适，也可能是昨天晚上又出汗又受冷的缘故，刘璃瓦第二天有些感冒发烧了，不能出门玩了。陈驰星在酒店照顾了刘璃瓦一上午，下午刘璃瓦烧有些退了，便要回去了。

在机场，陈驰星仍很不放心她，担心她路上会烧得更重，担心她行李拿不起，担心她嗓子说不出话，甚至想送她回深市。

不过刘璃瓦倒是很清醒，放不上箱子可以拜托空乘帮忙，发烧生病也不会因为身边多了一个人就痊愈，头晕也能找工作人员帮忙，只要不害怕叫人帮忙，也就没什么麻烦的。

况且两天“放纵”之后更要加班加点地开始学习，都不是无所事事的闲人，她还赶着回去写论文呢。

因为嗓子说不出话，她推开陈驰星，身体力行地表达了自己的不愿意。陈驰星没有强加自己的意志给她，再三确认她自己可以回去之后，陈驰星便送她去检票口了。

在检票口，她打字给陈驰星看，写道：“谢谢你，我昨天很开心。”

陈驰星笑了。

刘璃瓦又写道："不用送了，我去检票了。"

检票口处排起了龙，刘璃瓦还是站在比较靠前的位置，马上就要到她了，她眉眼弯弯地笑着，摆摆手，走入安检口。

陈驰星一直看到刘璃瓦消失在视线内才回头。

她来之前，雪是雪，云是云，她来过之后，白雪如月光，天空倒映着海。他身处首都，心已经随着飞机飞往四季如春的深市。

三月份省考，四月份出成绩。

查成绩的时候，刘璃瓦的心跳像查高考成绩一样快。

室友怕给她压力，都做着自己的事情，宿舍里安静得没有一点声音。

她的运气好像一直都很好，像高考超常发挥，像省考……

刘璃瓦输入准考证号和密码，网页跳转，成绩猝不及防地跃出来，上面赫然显示"排名: 1"，刘璃瓦尖叫了一声，室友们哄一下围过来了。

"过了吗？过了吗？"一个室友问道。

另一个室友大吼了一声说："刘璃瓦，你第一哎！你还那么紧张，我差点都以为你考砸了！"

刘璃瓦惊讶过后又不好意思起来了，笑道："我就是从小到大运气都比较好。"

"这几个月连寒假你都在勤勤恳恳复习哎。小瓦，你是越努力越幸运。”室友举起手说，“顺便，我也要说一个好消息！”

“什么消息？”大家纷纷问。

这个室友道：“我春招面试上了，六月份入职！”

另一个室友也道：“我也选好工作了！”

宿舍长道：“为了庆祝我们宿舍全部有光明的前途，我决定，我们宿舍今天晚上聚餐！”

“啊，宿舍长万岁！我们去吃火锅吧！”

刘璃瓦在一片热闹中拿起手机发消息给陈驰星，她拍下自己的成绩发过去。陈驰星几乎是秒回，他的成绩排名上赫然也是“1”。

海风从阳台吹进来，吹得床帘“哗哗”作响，一直追逐星光的小小瓦片，终有一日，也与他并肩了。

刘璃瓦看了眼窗外蔚蓝的天，带着笑，用微微哽咽的声音和他说：“陈驰星，我们长市见。”

（二）

五月底答辩完，正式毕业。

四年的大学生活告一段落，人生开启新的篇章，刘璃瓦也回到长市准备工作。

她被分配到社会求助科。

五六月份是汛期，也是局里比较忙的时候，不过这些暂时都和刘璃瓦没有太大的关系，因为在正式上岗前他们还有一个月的脱产培训。

连绵不断的大雨让水位暴涨，地处内陆的长市在市区就能看“海”，河水倒灌，淹没了不少房子。新闻里每天都在报道各地的受灾情况，刘璃瓦每天都忧心忡忡。

一天下午她在以前的黎明社区工作群里看到了一条志愿者招募信息，因为涨水淹没一楼，急需志愿者抢救物资，帮助转移居民。

刘璃瓦想也没想就在群里说：“我报名。”

陈驰星听到她要回黎明社区，第二天一早就开车在楼下等她了。

安镇地势低，又靠近河流，受灾情况很严重。进入市区后车就开不动了，刘璃瓦的家还好，离河岸远，水还没涨过去，靠近河岸的黎明社区已经到了要紧急转移居民和物资的地步了。

刘璃瓦和陈驰星是第一批赶到的志愿者，因为社区其他人和他们原本就是熟识，工作不用再磨合，有什么任务直接安排给他们，明显提高了工作效率。

漫天的大雨如瓢泼，雨衣完全挡不住，水深的地方有专业的消防队员去救助，水浅的地方就由社区工作人员和志愿者帮助转移。有些人好说话，一见水淹到家里了跟着社区就走了，有些人非要把所有家具都搬走才走。仅仅只几个小时，刘璃瓦的皮肤已经被水泡得不能看了，喉咙也喊嘶了。

陈驰星并没有比她好，他负责运送物资，一趟一趟地在水里来回，套鞋里最多的不是水，是泥。

比他们更辛苦的是消防员，一天二十四小时待命，修建防洪墙，救人运沙，累了找个角落就睡了。

刘璃瓦在一片及小腿深的水里看到了被堵塞住的下水道，她一脚深一脚浅地往那走过去，用手抓起塞在入水口的塑料垃圾。

下水道被疏通，水流形成漩涡直直往下冲去，刘璃瓦被水浪一打，站得摇摇晃晃，忽然一双手拉住了她，把她从下水道旁拉开。

那个人劈头盖脸道："你知不知道下水道很危险，你要是一脚踩空了怎么办？下水道的水倒灌你又怎么办？"

刘璃瓦回头去看，看到的是声音嘶哑、连脖子上的青筋都绷起来了的陈驰星。

天上的雷声嗡嗡作响，刘璃瓦被惊雷吓得脖颈一缩，陈驰星拉着她飞快地躲进建筑物里。

刘璃瓦惊魂未定，看着外面的水和雨，喃喃道："陈驰星，这场雨过后水可能要涨到膝盖了。"

"刘璃瓦，社区住在低层的居民都转移完了，剩下的工作应该让专业的人去做了，我们明天就回长市。"

人在天灾面前是那样渺小，刘璃瓦只能看着窗外的雨越下越大，水越涨越高。

她和陈驰星浑身湿透了，冷风一吹，透心凉。

出不去走不了，他们俩只能在二楼坐下，等待雨停，甚至如果水涨得超过膝盖，就只能寻求救援了。

刘璃瓦的手指泡得发白，她用力拧干衣服，脱下满是水的鞋子，陈驰星也是如此。

刘璃瓦看陈驰星的手，发现他的手臂上多出了很多伤痕，手指上也满是创口，这才仅仅过了半天。

刘璃瓦擦着他手指上还在流血的伤口，想到是因为她，陈驰星才会来，才会受伤的。她忍不住哭了起来，说："对不起啊，对不起。"

陈驰星的声音放缓，告诉她："刘璃瓦，你没有对不起我，是我愿意和你一起来的，现在帮助了那么多人我也很高兴，我没有觉得你不对，只是希望你也想想自己，就像刚刚，那样很危险知不知道？"

压抑的天和声势浩大的雨仿佛营造了世界末日的氛围，刘璃瓦的哭声渐弱。

陈驰星抱住了她，让她在自己的怀抱里短暂逃离这场风暴。

第二天，水位虽然涨得更高了，但好在没有被困的居民了，很多社区居民自发地加入抗洪志愿者团队，陈驰星和刘璃瓦因为培训重新返回长市。

黎明社区虽然安全了，但还有很多地方仍在抗洪中，人的力量那么渺小，而又那么顽强不懈地与灾难做着斗争。

经历这次过后，他们更为珍惜来之不易的平静生活。

后来的日子里她和陈驰星仿佛又回到了中学时，他们都在一栋楼里生活，早上陈驰星会给她带早餐，两个人一起去会场上课，下午上完第六节课后一起回去，有时候会在外面吃，有时候会煮点东西一起吃。

到了周末，陈驰星的母亲就会盛情邀请刘璃瓦去家里玩，如果不回安镇的话，刘璃瓦就会应邀去陈驰星的父母家里。

刘璃瓦是陈驰星的母亲看着长大的，她对刘璃瓦很是偏爱，连带着开始数落起自己儿子的毛病，比如不会下厨，做家务笨手笨脚，不会说话，也不体贴。

只要刘璃瓦一去，必然桌上已经摆满了一桌子菜，陈驰星的母亲不让她下厨，不让她洗碗，更不用她帮着做家务。每次他们去，陈驰星的父母已经先把饭菜做好了，他们一到就只管吃饭，饭后陈驰星的母亲就指挥父子俩去洗碗，而自己拉着刘璃瓦说家常。

时间长了，陈驰星的母亲待刘璃瓦不像是长辈，更像是朋友一样了，时不时还会约她一起去逛街，做头发，话题从家长里短跳到明星电视剧，甚至时尚潮流。

陈驰星的父亲也待刘璃瓦很好，尽管话不多，但洗碗擦桌子的事决计不会让刘璃瓦沾手。刘璃瓦要走了，他还总是拎出来一堆东西让她带回去，甚至有一次刘璃瓦周末要回安镇，周五陈驰星的父亲开着车专门来党校找她，塞了一堆东西给她让她带回家。

事后刘璃瓦和陈驰星说起这件事，陈驰星比她还惊诧，说：“我爸来党校了？”

他连有这件事都不知道。

刘璃瓦乐得不行，叔叔、阿姨的态度仿佛刘璃瓦才是那个亲生的，陈驰星可能是捡来的。

因为刘璃瓦的加入，陈驰星家里的欢声笑语也多了。

有时候天黑了，陈驰星的母亲就会留她在家里住。吃过晚饭四个人出门散步，陈驰星的父母走在前面，刘璃瓦和陈驰星走在后面，他们聊天的话题也很漫无边际，有时候陈驰星的父亲会说起工作上的事，旁敲侧击地教他们一些工作上的人情世故。

有时候刘璃瓦要回家，陈驰星的父母还会叫陈驰星陪刘璃瓦一块回去。

直到有一次陈驰星的父母问起他们准备什么时候结婚，刘璃瓦差点被一口水呛死，惊慌地摆手道：“叔叔、阿姨，你们误会了，我和陈驰星完全不是那种关系。”

陈驰星的父母当时的表情非常精彩，从震惊到怀疑，再到恨铁不成钢。

那天晚上，刘璃瓦要回去的时候陈驰星的母亲终于没有再热情地挽留她住下来留宿了，只是送她出门后把自己不争气的儿子也推了出去。

门“砰”的一声合上，刘璃瓦和陈驰星面面相觑。

“你……回学校吗？”刘璃瓦问他。

陈驰星没说话。

刘璃瓦总觉得陈驰星有点生气了，讷讷道：“要不你回去吧，我不用送的。”

陈驰星仍旧没有说话。

刘璃瓦的情绪一下低落了，她走下楼梯，只看到自己长长的、半明半暗的影子。

“刘璃瓦。”陈驰星突然说，“是不是我的方式太委婉了？”

刘璃瓦停下脚步，转身来看他，不明所以地问：“什么？”

“我说，是不是我太委婉，以至于你完全不知道我是在追你。”

刘璃瓦的脑子“嗡”一下，炸了。

见她呆呆的没有反应，陈驰星朝她伸出手，笃定地道：“刘璃瓦，把手给我。”

刘璃瓦仰望着他，他那么高、那么高，她一直以为是自己一个人在缓慢而又遥远地追逐着他。

她的眼眶一酸，眼泪又要涌出来了。不知道哪儿来的勇气，她握紧了拳头道：“陈驰星，我站在你身后偷偷看了你很多年。”她擦了下眼睛，眼泪像断了线的珠子一样不停地往下落，“可我觉得我们之间的差距越来越大，我怎么追都追不上你，你走了之后，我很想你很想你，可是你一次都没有回来过，我觉得，你可能不想回头看我了。”

陈驰星从楼梯上走下来，伸出手掌替她抹干净眼泪。

“不是没有回头过，只是在我回头的时候你不见了，刘璃瓦。”

月色从网格中洒落，像倒在地上的水，陈驰星的手掌抚摸在她的脑后，弯下腰看着她的眼睛。

刘璃瓦看着他，月色下她连他的睫毛都看得清楚，他那么厉害那么好看，怎么会回头看那么那么小的她呢？

她的眼泪像断了线的珍珠，一颗连着一颗地往下掉。

看着她濡湿的眼睛，他道：“刘璃瓦，我一直都只看着你，可你怎么能比我想的还要迟钝呢？”

“你应该喜欢我，再明显一点的……”她哽咽地说。

他发涩的声音说：“好。”

陈驰星伸出手指擦掉她的泪痕，指腹按在她嫣红的唇上，轻轻摩挲。

“刘璃瓦，”他极为轻声地说，“我现在真的很想……”

刘璃瓦却在他说完之前就踮起脚，靠近他，软软的唇贴在了他的唇上。

原来吻那么轻那么软，飘飘忽忽的，像踩在云朵上。

他们都那么生涩，将第一个吻给了对方。

至此，一场漫长无声的双向奔赴落下帷幕，年少时错过的意难平终得圆满。

这天是6月22日，是他们在一起的第一天。

夜色漫长，星光落在瓦片上。

她与他春夏秋冬，南来北往。

距离遥远，时间漫长，好在，我依然会坚定地走到你的身旁。

番外篇·岁岁皆是你

和喜欢的人在一起，便已是岁岁甜甜。

天色渐晚，从单位下班时街道已经擦了一层黑，刘璃瓦从小门走出去，正看见陈驰星从拐角处走过来，她拎包的手紧了一下，她看着陈驰星的眼睛，慢慢地，她松开手，扬起笑。

尽管已经不是在一起的第一天了，但猛然想到两个人关系的变化，刘璃瓦仍时常觉得很不真实。

这个高大帅气、轻而易举就能夺走所有人目光的青年，不再是那个她只能仰望的背影，而是她的男朋友了。

陈驰星拿着奶茶向她走过来，说："我还以为你要很晚。"

他将奶茶吸管插上，递给她。

"谢谢。"刘璃瓦双手捧过奶茶，喝了一口，温热的甜味从食道沁入心口，她的眉眼弯弯，心情很好。

"我呢？"陈驰星看着她。

"啊？"刘璃瓦松开吸管，呆了一下。

陈驰星指指自己，说："你不打算给我喝一口吗？"

刘璃瓦看看被用过的吸管，瞪圆了眼睛，说："可是我喝过了哎。"

陈驰星佯怒道：“我是你的男朋友，刘璃瓦，我不能喝吗？”

“不是这个意思……”刘璃瓦将奶茶捧到他的面前说，“你喝吧。”

吸管险些顶到他的鼻头上，陈驰星绷不住笑了，他接过奶茶，吸了一口，七分甜的甜度齁得他眉头一皱。

他举起奶茶道：“这家七分糖怎么这么甜？”

“不甜呀，我都是喝全糖的。”刘璃瓦说。

陈驰星了然地点头，说：“噢，怪不得你会胖，刘璃瓦。”

刘璃瓦不满抗议道：“我哪儿胖了？”

陈驰星看着她脸颊两侧的婴儿肥笑起来，摇头说：“不胖，一点儿都不胖。”

刘璃瓦恼羞成怒，张牙舞爪道：“奶茶还给我，我不给你喝了！”

陈驰星将奶茶递给她的左手，在她换成用右手拿奶茶后，陈驰星很自然地牵住了她的左手。

修长而又骨节分明的手抓住她的手心，两个人的拇指相扣，连掌心的温度都在互相传递着。

每一次牵手，刘璃瓦都仍会感到心口一阵悸动，她悄悄地用力，回握住他的掌心，却不敢侧头看他的神情。她吮着奶茶，觉得奶茶好像是有点儿过分甜了。

从单位到家，距离并不远，慢慢地走，十五分钟就到了。

和往常一样，陈驰星送她上楼，在门口分别时他张开手臂，示意要一个拥抱。

他身上有好闻的白玉兰香，刘璃瓦侧头靠在他的怀里，浅浅地闻到那一阵迷人的味道，奇异得连她心口紊乱的跳动都抚平了下来。

陈驰星的掌心在她的头顶摸了摸，带着一点纵容地轻轻拍了拍。

谈恋爱原来是这种感觉，像被装进甜蜜的蜂蜜罐子，心口的欢喜满得要溢出来，可分别时又依依不舍。

她想问他要不要进来坐会儿，但因为羞赧而难以说出口。

好一会儿，直到听到楼上有开门的声音，刘璃瓦才松开手。

“你回去吧。”她小声说。

两个人的目光相接，陈驰星的喉结上下滚动了一下，刘璃瓦有点不好意思地别开眼睛，侧头挠了一下鬓角说：“明天见。”

陈驰星闷闷地笑起来，道：“好，明天见。”

目送他下楼，刘璃瓦将手心放在胸口的位置，仍觉得那儿暖暖的，像泡在温热的水里，连嘴角都忍不住一直扬起。

在单位里，刘璃瓦的事情不多不少，每天都过得十分充实，在和大家都逐渐熟悉之后，三不五时就收到同事的投食，有时候是水果，有时候是小零食。

最近天气逐渐热了起来，刘璃瓦想炖一点银耳莲子粥带去办公室给大家喝。

将银耳泡水，又将莲子洗干净盛碗，接着刘璃瓦才开始准备做今天的晚餐，西红柿炒鸡蛋和干萝卜炒腊肉，配一小碗泡菜萝卜。

她将做好的菜拍照发给陈驰星，陈驰星回复："没我做得好。"

刘璃瓦发了一个大笑的表情，道："给我看看你做的菜。"

陈驰星最近在父母家，跟着他们学着做菜，前几次做出来的菜真是惨不忍睹，今天他又发了照片过来，刘璃瓦看了看，发现菜的卖相已经比前几次好很多了。

一碗白豆腐瘦肉汤，一碗炒猪肝，还有一碗红辣椒炒牛肉，竟然都挺像模像样。

刘璃瓦夸夸话上线，毫不吝啬道："进步太大了！"

她用了感叹号以表震惊。

"很好吃，你想尝尝吗？"陈驰星问。

刘璃瓦回复："吃一口，嗯，真好吃。"

她意思意思，隔空吃了一下。

陈驰星回复了一个抹汗的表情。

聊天界面上跳出了一条新消息，是陈劣的。

自从上班后，刘璃瓦已经有段时间没有和陈劣联系了，突然收到他的消息，刘璃瓦点开看了看。

陈劣提醒她："瓦妹，我后天过生日，没忘吧？"

刘璃瓦赶紧回复："没有忘！"

陈劣说："那就好，后天下午香格里拉酒店，别忘了。"

刘璃瓦回复："嗯嗯。"

应得爽快，刘璃瓦却发起愁来，朋友的生日她都是很记得的，但是她还没想好应该送什么礼物。

她心不在焉地吃了几口饭，夹了两块干萝卜，咬得嘎嘣脆响。

她返回去看陈驰星的消息，陈驰星发完那一个擦汗的表情后也没有声音了，她猜他应该也是在吃饭了。

送什么礼物这件事应该问谁呢？她寻思着。

过了十几分钟，楼下忽然有汽车熄火的声音，又过了一会儿，门口的门铃响了。

刘璃瓦一惊，马上放下筷子去开门，不曾想到，会看到拎着饭盒的陈驰星。

她惊了，问："你怎么过来了？"

"给你送菜啊。"他说得理所应当。

他竟然将她随口说的话当真了。

刘璃瓦一时哑然失语。

陈驰星晃了晃饭盒，问："我能进来吗？"

刘璃瓦这才反应过来，侧身让开位置，说："快进来。"

陈驰星问："你吃了饭没？"

刘璃瓦指了下餐厅，说："还没吃完，你吃了吗？"

陈驰星笑着，道："也还没有。"

“稍等。”刘璃瓦去厨房拿了碗，给他盛了一碗米饭。

客厅里，陈驰星已经打开保温盒，将保温盒里的菜都拿了出来，除了有陈驰星炒的三个菜，还有显然是陈驰星的母亲拿手的山药排骨汤和辣子鸡。

刘璃瓦坐下后筷子就要往辣子鸡里伸，被陈驰星拦住了，他蛮不讲理地将她的筷子推向他炒的菜，道：“你先尝尝我做的。”

“你是怕我尝完阿姨做的菜后，说你做的不好吃吗？”刘璃瓦揭穿他。

“这次真的很好吃，我妈都认可了。”

见他这样信誓旦旦，刘璃瓦便将信将疑地将筷子伸进了他炒的牛肉里。

陈驰星的厨艺她是见过的，堪称惊天地、泣鬼神，没有一定的心理素质很难吃得面不改色。

但今天，她尝了一口，意外地瞪大了眼睛。

“怎么样，好吃吧？”陈驰星难掩得意。

刘璃瓦有些惊喜道：“好吃，而且很入味。”

陈驰星支着下颚，看着她笑。

“别光看着我呀，你也吃呀。”刘璃瓦说。

“嗯。”陈驰星端起碗开始夹菜。

刘璃瓦下厨是没话说的，两个人八道菜，最后吃得七七八八的时候两个人都撑得不想动了。

“干萝卜炒腊肉好吃。”陈驰星说。

刘璃瓦点头，说：“辣子鸡也好好吃。”

“嗯？”陈驰星侧目而视。

“我是说……红辣椒炒牛肉也好吃。”

“这还差不多。”

他们俩面对面坐在椅子上，看着对方，情不自禁地笑了。

陈驰星温声道：“小瓦，今天还有一个好消息要告诉你。”

“什么好消息？”

“安镇的银杏树要被重点保护了。”

刘璃瓦一下坐直了身子，问：“真的吗？”

“对，市园林局专程打了电话过去，还有媒体要给银杏树的保护写一篇报道。”

刘璃瓦的眼眶一下湿润了，说：“这都是你做的吗？”

“不是我，是大家。”陈驰星说。

长市、安镇，都是有温度的地方，或许家乡千变万化，人心不变，故乡就还在。

想起在安镇的童年，刘璃瓦的心里暖暖的，又有些想落泪了，他们彼此对视着，因为共同的记忆而感到无比的温暖。

时下只有一件事烦恼了，想到陈劣的生日，刘璃瓦犯难，又抿起了唇。她踟蹰了一下，问陈驰星："你们男生过生日喜欢什么礼物啊？"

陈驰星错愕，问："这么早就要准备生日礼物了？"

知道他误会了，刘璃瓦笑起来，说："不是给你，是另外一个朋友，他过几天就要过生日了。"

陈驰星敏锐地抓住了一个词，说："男生？"

"嗯，男生。"

陈驰星吃味起来，怪气道："我认不认识？"

"你应该不认识。"刘璃瓦道，"哎呀，你就说送什么礼物嘛。"

陈驰星的心里酸溜溜的，没好气道："钱包、音响、打火机，无非这些。"

刘璃瓦想了想，道："那就钱包吧。"

"刘璃瓦。"陈驰星忽然叫她。

"嗯？"刘璃瓦抬起头。

"你都没有送过我钱包。"

"现在都用手机支付了，你要钱包干吗？"

陈驰星就这么看着她，也不说话。

知道他吃醋了，刘璃瓦别开头，笑了。

陈劣的生日那天是星期四，下班后刘璃瓦便径直去了香格里拉酒店。酒店顶层便是陈劣的生日聚会场地。

到门口时，刘璃瓦打了电话给陈劣，怕她找不到地方，陈劣特地走出来接她。

他难得穿了一身极为正式的正装，胸口放了一块叠得齐整的手帕，深蓝色的西装极衬他，有一种富家公子的矜贵。

在看见刘璃瓦的那一刻，他的眼睛亮了亮。

“生日礼物。”刘璃瓦将袋子递给他。

“都说了你来不用带礼物。”陈劣无奈道。

刘璃瓦摇头说：“那也总不能两手空空地来。”

“什么礼物，我现在能看吗？”陈劣边将刘璃瓦带进酒会，边说。

刘璃瓦不在意道：“没事，你看吧。”

陈劣边坐在吧台旁，将刘璃瓦送的礼物盒子拿出来，他打开蝴蝶结，里面便是一个黑色的钱包。

没有去看品牌，陈劣直接道：“谢谢，我很喜欢。”

“那看来他的眼光还不错。”刘璃瓦自言自语。

“他？谁啊？”

“啊……我……”

第一次和朋友宣布这个消息，刘璃瓦忽地感到一阵紧张，半响，她才小声地不好意思道：“我的男朋友，他建议我送一个钱包。”

陈劣的表情像是怔了一瞬，很快，他提起嘴角，笑了，说：“小瓦，谈恋爱了竟然也不和我说。”

“没有没有，我们才在一起没多久。”

陈劣追问：“他是什么人，做什么的，多大了？”

刘璃瓦认真道：“我和他认识十年了，从小学就认识了，一直是同学，他现在在长市规划局，就在我的单位旁边。”

陈劣良久没有说话。好一会儿，他鼻息轻叹，说：“那真不错，改天也介绍我认识认识。”

刘璃瓦全然信任道：“好啊。”

宴会上衣香鬓影觥筹交错，穿着低调的刘璃瓦在其中格格不入，陈劣被朋友叫走后，她坐了一会儿，吃了一点甜品，大概半个多小时后她便觉得很是不自在，发消息和陈劣说没什么事的话她就先走了。

聚会上约莫有三四十人，热闹得不行，刘璃瓦不过是陈劣朋友中的一个，少了她一个，聚会还是一样热闹。刘璃瓦是这样想的。

她看到陈劣拿出了手机，大约是看到了消息，他侧头往刘璃瓦的方向看了一眼，然后低头回复了她。

刘璃瓦收到了一个字：“好。”

她向陈劣挥了挥手，起身沿着角落走了出去。

室内的凉爽和楼顶的闷热形成鲜明对比，刘璃瓦抽出纸巾擦了擦汗，不明白这么热的天，陈劣为什么要在楼顶办聚会。

她从酒店走出去，发了消息给陈驰星，说她已经从聚会上出来了。

还没收到回复，她忽地看到酒店楼顶有很多的气球飞了起来，大概是陈劣的生日聚会到高潮了。

她笑着又给陈劣发了一遍消息，她说："生日快乐，学长！"

这次消息没有被瞬间回复了。

陈驰星的消息发了过来，他道："刘璃瓦，回头。"

刘璃瓦转过身，看到路边陈驰星的车。

她没有注意到车是什么时候到的，她跑过去，惊讶道："你怎么来得这么快？"

"笨蛋，我一直停在这里。"

"你一直在等我啊？"刘璃瓦有点不好意思了。

陈驰星敲着方向盘，问她："接下来打算去哪儿？"

刘璃瓦最后看了一眼富贵绮丽的酒店，她开门坐进副驾驶座位，和陈驰星道："我们去超市吧。"

柴米油盐酱醋茶，平凡的生活固然年复一年，但和喜欢的人在一起，便已是岁岁甜甜。

（全书完）